ERIKA FIORUCCI
Cuatro días en Londres

Editado por Harlequin Ibérica.
Una división de HarperCollins Ibérica, S.A.
Núñez de Balboa, 56
28001 Madrid

© 2013 Erika Fiorucci. Todos los derechos reservados. CUATRO
DÍAS EN LONDRES, N° 46 - 1.11.13
Publicada originalmente por Harlequin Ibérica, S.A.

Todos los derechos están reservados incluidos los de reproducción,
total o parcial. Esta edición ha sido publicada con permiso de
Harlequin Enterprises II BV.
Todos los personajes de este libro son ficticios. Cualquier parecido
con alguna persona, viva o muerta, es pura coincidencia.
® Harlequin y logotipo Harlequin son marcas registradas por
Harlequin Books S.A.
® y ™ son marcas registradas por Harlequin Enterprises Limited y
sus filiales, utilizadas con licencia. Las marcas que lleven ® están
registradas en la Oficina Española de Patentes y Marcas y en otros
países.

I.S.B.N.: 978-84-687-3558-0
Depósito legal: M-18547-2013

Estamos encantados de presentaros *Cuatro días en Londres,* una divertida novela de Erika Fiorucci. En su obra, esta joven autora se vale de una inusual combinación de periodismo y ballet para crear una amena historia en la que los acontecimientos fluyen de manera natural de la mano de sus protagonistas, Marianne y Vadim. Los conflictos que surgen entre los personajes, los problemas internos que cada uno debe superar y los secretos que se ocultan el uno al otro acompañan una apasionada y tórrida relación en la que las graciosas ocurrencias de Marianne encuentran su perfecto contrapunto en la seriedad y cierta dureza de Vadim. Una novela que no os debéis perder y con la que os aseguramos una dosis de buen humor, pero también de ternura.

Los editores

Capítulo 1

Bailar. Eso era lo único que quería esa noche. Olvidarme de todo lo demás con la ayuda de grandes dosis de alcohol. Después de todo, ¿no era ese el objetivo de aquellas vacaciones? Divertirme sin pensar en el desastre que había dejado atrás y que me estaría esperando cuando llegara a casa era mi única meta. Preocuparse ahora no arreglaría nada.

Había tirado el trabajo de siete años por la ventana en un solo momento o, como prefería pensar, había desperdiciado siete años de mi vida creyendo que perseguía un objetivo que cada día se volvía más borroso e indefinido, hasta que llegué al punto de preguntarme: «¿qué rayos estoy haciendo?».

Ser periodista había sido mi meta soñada desde que podía recordar, pero la idea romántica de la profesión, como todas las ideas románticas, tenía muy poco que ver con la realidad.

De todas formas, incapaz de detenerme, porque así

soy una vez que me trazo algo en la mente, seguí avanzando.

En siete años pasé de ser una redactora más para el noticiario matutino de una estación de televisión a Productora General de los servicios informativos. Horas, días, semanas y meses encerrada allí haciendo que todo fuese perfecto: transmisiones en vivo, redacción de noticiarios, trabajos especiales o noticias de última hora, todo pasaba por mis manos.

Durante ese tiempo vi decenas de niñas recién salidas de la universidad convertirse en reporteras estrellas, respetadas presentadoras e incluso algunas que entraron conmigo tenían ahora sus propios programas. Todas menos yo.

Cuando se me ocurrió expresar algún tipo de aspiración en ese sentido, la gerencia me hizo saber que yo era demasiado «competente» y moverme a otro destino sería desperdiciar recursos; además, muy cortésmente, me notificaron que no era lo suficientemente «bonita» para estar frente a la pantalla.

Un día desperté dándome cuenta de que tenía veintitantos años y que lo más lejos que iba a llegar era a ser Jefe de los Servicios Informativos, eso cuando el señor inconforme y cascarrabias que ahora ocupaba el puesto se retirara en dos años.

Analizado fríamente era una posición espectacular, nadie lograba un cargo así antes de los treinta, pero solo significaría más llamadas nocturnas cuando algún desastre ocurriera, más turnos de fin de semana, más horas de trabajo y con cada «más» venían muchos «menos». Mi familia era una extraña para mí, mis amigos se reducían a los compañeros de trabajo y ni hablar de novios o ningún tipo de relación sentimental.

Esa era otra cosa que el periodismo me había enseñado. Los hombres consideran muy «atractivas» a las periodistas, adoran la idea de tener su propia Lois Lane, hasta que se topan con la realidad: el teléfono no deja de sonar; algunas veces tienes que salir corriendo, no importa cuán entretenido estés, porque hubo otro golpe de Estado en el tercer mundo o, y esa es mi favorita, llegas tarde al cumpleaños de la abuelita de tu pareja de turno porque los políticos decidieron extender varias horas la aprobación de una Ley que debió ser sancionada en cinco minutos.

En conclusión, era una profesión para adictos al trabajo muy solitarios y yo estaba cansada de estar sola, de casi perderme la boda de mi hermana, de no estar en los aniversarios de mis padres, de dejar de ver a mis amigos de toda la vida hasta que se volvían solo un recuerdo.

Así que renuncié.

Una mañana entré en la oficina de mi jefe y le dije que ya era suficiente. Me iba, ya, en ese momento, sin quince días de aviso, sin permitir que la adrenalina que te llena cuando una noticia de última hora estalla o la satisfacción que sientes cuando un noticiario queda perfecto me retuviera como lo había hecho durante los últimos dos años.

¿Lo más triste? Mi jefe ni siquiera protestó, no me

ofreció más dinero u otra posición. Después de siete años de reventarme el trasero, de contestar al teléfono a las tres de la mañana, cuando un suceso tenía la indecencia de presentarse a esa hora, de trabajar fines de semana corridos cuando alguien se enfermaba o no aparecía, el sujeto firmó mi carta de renuncia y escupió una sola frase sin levantar los ojos para verme:

—Es mejor que te vayas ahora con tu récord intacto. Tarde o temprano ibas a meter la pata y hubiésemos tenido que prescindir de ti.

Eso fue todo. Nadie me llamó, ni me escribió. Solo Alex, diminutivo de Alexandra, la única amiga que había podido conservar en esos siete años, me estaba esperando en la puerta de mi apartamento con una botella de vodka, su medicina para todos los males.

Fue ella quien, entre trago y trago, sugirió las vacaciones y me arrastró a todos los lugares de Europa que yo siempre había querido visitar, pero nunca había tenido tiempo. Estábamos en Londres, a punto de terminar nuestro periplo y con cada minuto que pasaba la pregunta de todas las preguntas parecía estar sentada a mi lado como un enorme elefante rosado que nadie se atrevía a mencionar: ¿Y ahora qué?

—Creo que hemos hecho todo lo que estaba previsto —dijo Alex sorbiendo coquetamente su vodka-tonic a través de una pajilla—. Louvre, Prado y Uffizi, hecho; atiborrarnos de pasta, crepes y queso hasta que los pantalones nos aprieten, hecho; ir a partidos de fútbol en Old Trafford, San Siro y tirarle besitos a los jugadores, hecho; ir a la Opera y la Scalla, hecho. Solo falta una cosa...

—La Grotta Azzurra estaba cerrada porque es invierno y los boletos para el Royal Ballet estaban agotados —dije encogiéndome de hombros, concentrada en mi cóctel de contenido alcohólico incierto.

Es que no se me ocurría otra cosa. Habíamos hecho todo lo que los turistas hacen, incluso nos confesamos en Il Duomo en Milán solo para tomarnos una foto y les pagamos a unos pintores callejeros para que pintaran nuestros retratos cerca del Moulin Rouge.

Lo único que quedaba en mi lista de pendientes era saber qué iba a hacer con mi vida cuando estuviese de vuelta a la realidad.

—Tienes que tener sexo con un extraño.

—¿QUÉ? —Eso sin duda NO estaba en mi lista. Era peligroso.

¿Qué tal si me topaba con un asesino en serie? ¿O un sádico? Hacer eso en una ciudad que no conoces, sobre la cual no tienes ningún control, podría convertirse en una trampa mortal. No lo había hecho ni siquiera en el confort de mi zona de seguridad, menos aquí, en Londres, donde todo era tan loco, tan diferente. ¡Hasta manejaban por el lado opuesto de la calle!

—De eso se tratan este tipo de vacaciones —me dijo con un guiño, como si supiera exactamente lo que estaba pensando—, hacer cosas que normalmente no harías, coleccionar historias que contar. Decidiste empezar una nueva vida, pues es momento de hacer cosas nuevas y es mejor lejos de casa, donde no te vayas a cruzar en el supermercado con el sujeto que no te llamó al día siguiente precisamente cuando llevas el pelo hecho un desastre y estás vestida con pantalones de deporte y una camiseta raída.

—¿Hablando por experiencia? —le pregunté levantando una ceja de forma inquisitiva, aunque sinceramente lo dudaba.

Alex era ese tipo de mujer que se veía bien aun recién salida de la cama con una resaca del tamaño del Empire State. Además, poseía esa personalidad burbujeante que lograba que los hombres orbitaran a su alrededor como planetas en torno al Sol. Así había hecho su camino hasta ser la presentadora de un programa de viajes. Lucía igualmente bien en bikini, hablando de lo maravillosas que podrían ser unas vacaciones en las costas del Pacífico, que en ropa de esquiar en un lujoso resort en Suiza. Gracias a sus contactos, aquellas vacaciones fueron una ganga.

—Deja de pensar, Marianne —me dijo poniéndose de pie y estirando una mano hacia mí—. Vamos a bailar, es tiempo de poner la mercancía en el mercado.

Bailar. A fin de cuentas, eso era lo que quería en un principio y el plan de Alex tenía una falla: debía encontrar a alguien interesado en mí y creo que la última vez que eso me ocurrió en un bar fue cuando aún estaba en la universidad.

Ahora, rodeada de mujeres con generosos escotes, toneladas de maquillaje y cabellos rubios alisados, no creí tener ni la más mínima oportunidad con mi indomable pelo castaño y mis ojos marrones. «Color cucaracha», solía llamarlos el maquillador del canal.

Yo era y siempre había sido una más del montón.

La seguí hasta la pista de baile, esquivando los cuerpos que se retorcían al compás de la música, y me sumergí en ella volviéndome parte de esa masa anónima que respondía solamente al ritmo de los bajos y a la melodía de los teclados. La más pura, primal y decadente diversión.

Una mano se deslizó por mi cadera trayéndome de vuelta de mi autoimpuesta inconsciencia y cuando abrí los ojos me encontré respirando frente al pecho de un cuerpo que se movía a la par que el mío.

Sin dejar de bailar, bajé la vista. Sí, definitivamente, una mano estaba sobre mi cadera, mientras una pelvis masculina ondeaba peligrosamente cerca de la mía. La mano no me apretaba posesivamente ni me acercaba más, solamente se movía sincronizadamente con mi cuerpo, declarando, obviamente, que ya no estaba bailando sola.

Mi teoría acababa de irse por el barranco.

Mi mirada fue en ascenso, pasando por la pelvis ondeante, la cintura, el pecho, los huesos de la clavícula hasta dar con la cara más hermosa que había visto en mucho tiempo, cosa que era mucho decir, después de haber pasado por las calles del sur de Italia.

El sujeto parecía un príncipe de cuento de hadas con un rostro hecho de ángulos y una nariz que le daba un nuevo significado a aquello de «rasgos nobles». Tenía el cabello oscuro que le caía un poco largo y desordenado sobre los ojos, que eran más azules que las aguas del Mediterráneo. Pero lo mejor era la boca, que exhibía ahora una sonrisa a mitad de camino entre la inocencia y la malicia, y que tenía esa forma redondeada que solo parece estar presente en los bebés.

Las comisuras de mis labios se levantaron sin mi permiso, como cuando ves algo realmente hermoso y la satisfacción que llena tu cuerpo es demasiada para contenerla dentro, y esa sonrisa traidora le dio a mi recién adquirida pareja el permiso que no había pedido. Su otro brazo se colocó justo en la parte baja de mi espalda juntando nuestros cuerpos, que seguían moviéndose al ritmo de la música.

Todo dentro de mí se tensó y un cosquilleo que prácticamente había olvidado se instaló justo debajo de mi ombligo. Mis brazos, siguiendo el ejemplo que había dado mi sonrisa, se movieron sin mi permiso colocándose alrededor de su cuello.

No sé cuánto tiempo estuvimos así, bailando, hasta que la música cambió de ritmo y él se detuvo, separándonos.

¡Oh, no! Ese era el momento en que todo se volvería real. Hablaríamos y seguramente me daría cuenta de que era un idiota, o él se daría cuenta de que yo no era... bueno, cualquier cosa que estuviese buscando.

—Vamos a por algo de beber —me dijo estirando una mano hacia mí.

¡Por Dios! Como si no hubiese sido suficientemente

perfecto para ahora agregar un acento extraño. ¿Cuántas veces en una noche tu corazón puede dar un doble salto mortal antes de que deje de funcionar definitivamente?

«Respira, Marianne, respira y, por lo que más quieras, di algo», susurró una voz dentro de mí. Menos mal que alguna parte de mi cerebro aún funcionaba en automático y me daba instrucciones. Era eso, o algún signo de esquizofrenia que estaba empezando a manifestarse.

Pestañeé un par de veces y el pobre sujeto seguía ahí parado con la mano extendida y, con toda seguridad, yo parecía recién salida de una lobotomía.

—Ok —fue todo lo que pude decir, pero al menos tomé su mano.

Sin soltarme ni una vez, me guio entre las otras parejas que seguían bailando, ahora con un ritmo mucho más frenético, hasta llegar cerca de la barra donde parecía haber un poco más de aire.

—¿Una cerveza? —preguntó y, nuevamente, el acento me hizo perder la facultad de emitir sonido alguno, pues para poder hablar tenía que respirar y esa función parecía haber perdido su preciosa cualidad de ser algo que mi cuerpo hiciera automáticamente. Tampoco ayudaba el hecho de que, en un área más iluminada y menos abarrotada, tuviese una visión más completa del fino espécimen que tenía al frente.

Su cabello, negro como la tinta, hacía un endiablado contraste con el azul de los ojos y la palidez de la piel y era alto, según mis cálculos cerca de un metro noventa. Su figura era la clara definición de esbelto: piernas largas embutidas en unos jeans oscuros que colgaban peligrosamente de sus caderas, hombros ligeramente anchos y un vientre plano, evidenciado por una camiseta ajustada. No era un cuerpo construido en un gimnasio, todo músculo, sino más bien fibroso como el de los atletas de alto rendimiento que ves en las Olimpiadas.

—¿Algo más fuerte tal vez? —insistió exhibiendo nuevamente esa sonrisa en la que el bien y el mal se mezclaban dejando la insinuación de que algo delicioso podría provenir del mismo lugar de donde salían las palabras.

Tenía que responder, pero ¿cuál era la pregunta? «¡Concéntrate, Marianne! Pareces una adolescente imbécil», nuevamente gritó mi cerebro, acostumbrado a funcionar bajo presión.

—Una cerveza está bien. —Cuatro palabras complementadas con una sonrisa fue todo lo que pude manejar.

El sujeto acabo-de-saltar-de-un-catálogo se encaminó hacia la barra dándome una visión completa de su espalda, que estaba incluso mejor que el frente, si es que eso era posible. Tenía que tener algún defecto.

Ahora que lo pensaba bien (mi mente retomó su ritmo habitual de trabajo justo en lo que el «señor delicioso» salió de mi campo de visión), parecía muy joven, seguramente más joven que yo, y además me recordaba a alguien, aunque no era que yo estuviese acostumbrada a codearme con hombres así de espectaculares.

—Bien hecho, amiga. —La voz divertida de Alex sonó a mi espalda.

Me volví y allí estaba ella exhibiendo esa expresión que las madres muestran cuando sus hijos se gradúan, como si fuese a explotar de orgullo.

—Ese pedacito de carne está como para morirse.

—No hables así —la reprendí. Era molesto que se refiriera a él en esos términos. Era una persona, una increíblemente sexy, pero una persona—. Además, es como muy niñito, ¿no te parece?

—Más joven, más resistencia —me respondió levantando las cejas—. Además, tampoco eres ninguna vieja. Deja de buscar excusas.

—No es una excusa, solo bailamos, nada más, ni nada menos.

—¡Y fue un baile tan decoroso! —dijo riendo entre dientes—. Me recordó las películas de los libros de Jane Austen.

Por respuesta, solo puse los ojos en blanco. Sabía lo que ella tenía en mente y yo estaba a un empujoncito de dejarme convencer.

—Mira, Marianne, ¿lo has visto bien? —insistió poniéndose más seria—. Tienes que hacer esto por ti, por mí, ¡por el resto de las mujeres solteras del mundo!

—¡Tal vez él solo quería bailar!

Honestamente, ¿qué podía querer semejante modelo de catálogo conmigo a menos que tuviese una fijación con mujeres corrientes? Era demasiado bueno para ser real y lo «demasiado bueno» a mí no me pasaba, solo lo corriente.

—Es un hombre, está en un bar, se te pegó como una lapa mientras bailabas y ahora te está buscando algo de tomar. ¿Quieres que dé una rueda de prensa haciendo el anuncio para que puedas escoger el sonido que más te agrade y redactar el titular adecuado? —Alex hizo un ruido exasperado con la lengua que combinó perfectamente con la forma en que movió las manos—. ¿Vas a ir por ello o no?

—¿Y después qué?

—No hay después. Pasaste siete años dejando que te sobrecargaran de trabajo sin quejarte, sin reclamar, esperando que reconocieran lo excepcionalmente buena que eres y te dieran tu lugar, y no funcionó. La nueva Marianne tiene que tomar lo que quiere sin esperar que se lo ofrezcan. Él es solo un hermosísimo y bien formado rito de transición, un símbolo.

No podía creer que de verdad estuviera considerando la idea, pero de hecho, lo estaba haciendo. Todas las objeciones válidas que en algún momento pude argumentar estaban ahora arrinconadas en un lugar oscuro de mi psique y sus débiles protestas y advertencias no llegaban a escucharse claramente. Únicamente prevalecían en primerísimo primer plano las imágenes de una Marianne poderosa y desinhibida que cenaba tipos hermosos todas las noches y los escupía por la mañana. La sola idea de ser esa mujer, al menos por una vez, era terriblemente seductora.

—El rito de transición ya viene de regreso —me advirtió Alex—. Me voy, y NO PIENSES, solo diviértete.

Alex desapareció hacia el interior de la pista de baile, sin darme tiempo de inventar algún tipo de excusa apoyada en la moral y las buenas costumbres. No me quedó otra que volverme para encararlo. Tal vez ahora ya no me pareciese tan atractivo.

No. Seguía igual de perfecto, solo que con una cerveza fría en una mano y un trago de algo que parecía vodka o ginebra en la otra.

—¿Una amiga tuya? —me preguntó señalando con la cabeza el lugar por donde Alex había desaparecido.

—Sí, vino a decirme que ya se iba.

«Yo puedo hacer esto, yo quiero hacer esto, yo puedo ser endemoniadamente buena en esto», era el mantra que mi cabeza repetía una y otra vez.

—¿Tu también te vas? —me preguntó ofreciéndome la cerveza.

—No —dije negando con la cabeza como para reafirmar mis palabras—. Al menos, no con ella.

¡Listo! Lo dije. Estaba hecho.

Tomé la cerveza y le di un largo trago. Tal vez la botella ocultara que estaba del color de un tomate y el frío líquido ayudara a disminuir la temperatura de mi cara. Además, esperaba que me hiciera lucir despreocupada. ¿Quién diría que un trago de cerveza podría tener tantos usos?

Al final tuve que dejar de beber y allí estaba él,

sonriendo nuevamente como un niño malvado que le robó los juguetes a otro la mañana de Navidad. Definitivamente, en beneficio de mi cordura mental, él tenía que dejar de sonreír así, o tal vez no. Ya no sabía lo que era más conveniente para mí. De hecho, la experiencia me demostraba que nunca lo había sabido, así que era mejor confiar en Alex, a ella le iba mejor que a mí en todos los aspectos de su vida.

—¿Cómo te llamas?
—Marianne.
—Encantado de conocerte, Marianne.

Y, para reafirmar que estaba «encantado» de conocerme, se inclinó hacia mí y me besó.

Capítulo 2

Era demasiado consciente de que estaba siendo besada, de manera poco decorosa, en medio de un bar, en Londres, por un perfecto extraño. ¡Ni siquiera le había preguntado su nombre!

«¿Lo estaré haciendo bien? ¿Dónde pongo las manos? ¿Será que debo despegarme yo?». Mi mente no dejaba de funcionar, pero si de verdad iba a hacerlo tenía que apagarla, desenchufarla, o al menos bajarle el volumen.

El beso nunca fue suave, ni tierno; tampoco de forma alguna exploratorio. Todas esas facetas preliminares fueron obviadas para entrar de lleno en materia, su lengua danzando en mi boca desde el primer momento, tan competentemente como su cuerpo lo había hecho contra el mío momentos antes. Tomando finalmente una decisión, moví los brazos hasta su cuello, teniendo cuidado de mantener la cerveza lejos de su piel, no quería que se sobresaltara al sentir el frío de la botella.

Un ruido sordo escapó de su garganta y su mano libre, la que no sostenía el vaso, rodeó mi cintura levantándome un poco, hasta que mi pelvis quedó unida a la de él en el sitio preciso. En ese momento fue mi turno de soltar un ruidito de sorpresa y lo sentí sonreír contra mi boca.

Se separó un poco, lo justo para dejar de besarme y presionar su frente en el tope de mi cabeza.

—¿Nos vamos ya? —susurró y yo solo pude asentir.

De un golpe vació el contenido de su vaso y me tomó de la mano llevándome hacia la salida.

¡De verdad iba a hacerlo! Me iba con él sin saber quién era ni adónde me llevaba. Solo tenía una idea bastante general de lo que íbamos a hacer, aunque tampoco podría estar muy segura, había tantas variaciones sobre el mismo tema... ¿Qué tal si de verdad era un asesino en serie? ¿Una versión moderna, y sobre todo hermosa, de Jack el Destripador? A fin de cuentas, estábamos en Londres.

Salimos del bar y comenzamos a caminar en silencio por calles que yo desconocía. Aún me tomaba de la mano, pero toda mi confianza se estaba evaporando, conjuntamente con los efectos del alcohol.

—¿Cómo te llamas? —se me ocurrió preguntar. Tal vez si escuchaba nuevamente su acento algo de mi valor inicial retornaría.

Aflojó un poco el paso y se volvió hacia mí, mirándome intrigado. ¿Es que acaso no era una pregunta lógica? Entendía intelectualmente todo eso del anonimato de las aventuras de una sola noche, pero solo quería saber su nombre. ¿Era una demanda tan irracional?

—Sergei —dijo como si fuese obvio.

¿Sería que me lo había dicho antes mientras estaba atrapada en mi diatriba mental y yo no lo había escuchado?

—Eres ruso...

Su mirada incrédula se acentuó un poco más haciendo que sus cejas se juntaran en un claro signo de interrogación.

—Ucraniano —dijo con cautela, como si yo le estuviese jugando una broma—. ¿De dónde eres?

—De Nueva York. Estoy de vacaciones...

—Nueva York es genial —afirmó y una pizca de su sonrisa anterior volvió a aparecer.

—¿Has estado allí?

Esa vez una risa ahogada escapó de su garganta, disfrutando de una broma privada que yo no entendía.

—Eres increíblemente perfecta.

Y sin ningún tipo de aviso se detuvo, levantándome en sus brazos hasta que mi espalda fue a dar contra la pared más cercana. Nuevamente su boca estaba sobre la mía mientras sus caderas y piernas me mantenían pegada a la pared. Una de sus manos bajó por mi costado hasta que encontró el borde de mi sweater y se deslizó debajo iniciando el ascenso por mi piel.

Tantas sensaciones me inundaban que no sabía a qué estímulo debía prestar más atención: sus besos estallando en mi cerebro, sus caderas presionadas contra las mías incendiando todo de la cintura para abajo o el ligero toque de sus dedos subiendo por mis costillas, que lograba que mi espalda se arqueara involuntariamente.

Sin embargo, estaba lo suficientemente consciente para notar que su otra mano estaba ahora en el botón de mis vaqueros, liberándolo, y sus dedos acariciaban tentativamente la piel escondida justo debajo de la cinturilla. Quise emitir un ruido de protesta, pero sonó más a un gemido de satisfacción que pareció darle autorización para llevar su exploración más abajo con una mano y más arriba con la otra.

De repente, fue como si me hubiesen sumergido en hielo. Había aceptado la idea de tener sexo con un extraño, pero hacerlo en medio de la vía pública estaba un poco más allá de mis límites. Alguien podría vernos, la Policía podría llegar, y lo último que necesitaba en esas vacaciones era que me arrestaran en un país extranjero por conducta indecente. Tal vez me deportarían o me meterían en la cárcel.

—¿Marianne? —susurró en mi oído. Aún me tenía contra la pared, pero sus manos habían detenido su avance —¿Adónde te has ido?

Hice mi mejor esfuerzo por pegarme aún más al muro para que, al menos, la parte superior de nuestros cuerpos dejara de ser una sola y tener posibilidad de verle la cara.

—Sigo aquí, y ese es el problema.

Me miró ladeando la cabeza y arqueando nuevamente las cejas en un claro signo corporal de «no estoy entendiendo nada».

—Estamos en medio de la calle y no puedo dejar de pensar que alguien podría vernos —le expliqué—. Tal vez eso sea excitante para ti, y créeme, no lo critico, cada quién se pone con lo que se pone, pero conmigo no está funcionando.

Con un suspiro, dejó nuevamente que mis pies tocaran el piso y con un diestro movimiento volvió a abotonar mis pantalones y subió el cierre. ¿En qué momento lo había bajado?

—Aquí cerca hay otro bar, ponen música muy buena. Podríamos ir y seguir bailando.

—No quiero ir a otro bar —realmente mi motivación inicial no había cambiado. Cuando me trazaba una meta iba por ella, no me gustaba fallar, lo único que no me gustaba era el escenario. ¿Cómo decírselo sin sonar cruda?

—¿Quieres que te lleve a tu hotel? —preguntó dirigiendo su mirada hacia la calle, como si estuviese al acecho del próximo taxi.

—No quiero irme a mi hotel —en ese momento no me permitiría fracasar en algo tan sencillo como tener sexo sin complicaciones.

—¿Quieres ir a mi casa?

¡Bingo! Finalmente lo entendió.

Sonriendo, como quien felicita a una mascota cuando aprende un truco nuevo, asentí y me gané de vuelta la sonrisa del millón de dólares que ya había identificado como la marca registrada de Sergei.

Comenzamos nuevamente a caminar y tras unos buenos diez minutos, estábamos frente a uno de esos típicos edificios ingleses, estrechos y ligeramente presumidos, que solo ves en las películas.

Sin soltar mi mano, Sergei buscó en su bolsillo, sacó unas llaves y abrió la puerta para guiarme, primero a través del vestíbulo y luego por unas escaleras hasta el primer piso, donde finalmente me soltó para abrir una de las dos puertas que había en el pasillo.

—Bienvenida —dijo haciendo un ligero movimiento con la cabeza, invitándome a entrar.

Ahora sí que no había vuelta atrás.

Extrañamente, todas las aprensiones morales habían desaparecido para dar paso al más angustioso pánico: iba a tener sexo con un sujeto cuyo físico estaba unos cuantos escalones más arriba de la media que acostumbraba. Si no era lo «suficientemente bonita» para salir en televisión, obviamente menos para aquello. Tal vez ni siquiera fuese lo suficientemente buena en ello. Nadie se había quejado nunca, pero siempre había una primera vez.

«No vas a volverlo a ver NUNCA y si no le gusta es su problema», me interrumpió mi muy trabajadora conciencia. Le hice caso y caminé hacia el interior.

Sergei entró tras de mí y cerró la puerta. No encendió ninguna luz, dejándonos como única iluminación la que se filtraba desde las bombillas de la calle. Por lo que podía ver en la penumbra, era un espacio grande sin divisiones y un par de sombras oscuras eran la única evidencia de mobiliario.

Las manos de Sergei se deslizaron desde atrás por mi cintura pegando su cuerpo en mi espalda, distrayéndome completamente de mi exploración del espacio. Era hiperconsciente de sus manos descansando en los huesos de mis caderas, su respiración en mi cuello, su espalda arqueada sobre la mía, arropándome. Mi corazón comenzó a palpitar tan fuerte, mitad miedo, mitad anticipación, que estaba segura de que él podía escucharlo.

—¿Quieres que te dé el gran tour por las instalaciones? —susurró en mi oído para luego morderme suavemente el lóbulo de la oreja.

Las cosquillas viajaron directamente, sin hacer ningún tipo de parada, desde mi cuello hasta debajo de mi ombligo.

Reuniendo todo el valor que me quedaba, y agarrando un poco de la corriente eléctrica que su susurro generaba, me volteé y enlacé mis manos en su cuello.

—Dormitorio. Ahora. —Solo dos palabras. Si ponía a trabajar mi cerebro más de eso, abriría la puerta donde guardaba todas las excusas que podía utilizar en ese momento.

Las manos de Sergei fueron directamente a la parte posterior de mis muslos, levantándome diestramente del piso y, en el movimiento que parecía más obvio, mis piernas rodearon su cintura justo antes de que comenzara a caminar en medio de la oscuridad.

Abrió otra puerta y encendió la luz, revelando una habitación dominada por una enorme cama. No tuve tiempo de inspeccionar nada más. Nuevamente mi espalda dio contra una pared (evidentemente, Sergei tenía un fetiche con las paredes) y su boca arremetió contra la mía de una forma frenética, casi desesperada.

Mejor así, menos tiempo para pensar.

Como si solo tuviéramos minutos, sus manos fueron nuevamente al borde de mi sweater, esa vez no para deslizarse debajo, sino para tirar de la tela hacia arriba. Magistralmente movió mis caderas hacia él, sosteniéndome con una sola mano, para separarme de la pared el tiempo necesario para sacarme la prenda por la cabeza y tirarla hacia un costado. Su boca se deslizó por mi mandíbula hasta mi cuello, mientras su mano libre hacía lo propio con uno de mis pechos, hurgando en la parte superior del sujetador hasta rodear con sus dedos el pezón.

Me sentía bien, aunque no lograba nublar mi mente. De todas formas, nunca nadie había logrado que me olvidara completamente de mí misma en momentos similares. Siempre había sido muy consciente de todo lo que me estaban haciendo y de todo lo que hacía. Mi cuerpo respondía por instinto y mi mente se divertía analizando cada respuesta dependiendo del estímulo y experimentaba, buscando reacciones similares en mis compañeros. Toda esa tontería de «ser arrastrada por un placer que te impide pensar», desde mi poca experiencia, era solo un invento de la literatura y las películas para justificar las tonterías que cometían los protagonistas.

De improviso, Sergei soltó mis piernas como si alguien hubiese presionado un botón invisible de «apagado». Sus ojos estaban ligeramente enrojecidos y me miraban como a través de una niebla. Una fría capa de sudor le cubría la frente.

—¿Te sientes bien? —La pregunta era una perogrullada, era obvio que no.

Las palmas de sus manos aprisionaron la pared a ambos lados de mi cabeza, como si necesitara sostenerse, y comenzó a respirar trabajosamente al tiempo que apretaba los ojos.

—Estaré bien en un par de minutos —dijo entre bocanada y bocanada, parpadeando en un claro intento por enfocar la visión—. Creo que levanté la cabeza muy rápido y me mareé, eso es todo.

Su cuerpo se arqueó violentamente hacia abajo y sus rodillas dejaron de sostenerlo. El sonido que escapó de su garganta fue solo un aviso que mi cuerpo interpretó antes de que mi mente pudiese procesarlo, casi incrustándome contra la pared, tratando de evitar cualquier salpicadura.

A mis pies, Sergei estaba vomitando.

Capítulo 3

Que el sujeto con el que estás teniendo una ardiente sesión de besos, obviamente determinada a ir mucho más allá, termine vomitando a tus pies no es precisamente un masaje para el ego.

Llegados a ese punto, solo quería desaparecer y olvidar las últimas horas de mi vida. Únicamente a mí y al Coyote del Correcaminos le podían pasar esas cosas.

—Lo siento mucho —la voz de Sergei parecía más un gruñido que algo humano, pero fue suficiente para sacarme de mi fiesta de autocompasión y permitir que mi naturaleza, esa que tantas veces me había impulsado a abandonar mi cama en la madrugada porque una bomba había estallado, se hiciese cargo. Un exacerbado sentido de la responsabilidad había guiado prácticamente toda mi vida adulta y la situación actual no era la excepción.

Sorteando lo que ahora estaba en el piso, que para

ser honesta no era mucho y era todo líquido, me arrodillé al lado de Sergei acariciándole la espalda.

—Vamos a llevarte al baño, grandullón —hice mi mejor esfuerzo por ayudarlo a levantarse y, como no tenía idea de dónde estaba el baño, tuve que sostenerlo hasta que decidió encaminarse hacia una dirección.

Estiró la mano en lo que atravesamos el umbral y encendió la luz. Dejando que se apoyara en el lavamanos, tomé una toalla y abrí el grifo, empapándola para limpiarle la cara.

—Voy a necesitar que te incorpores —le dije suavemente—. Tenemos que quitarte esa camisa.

Casi como un autómata hizo lo que le pedía, enderezando la espalda, aunque era evidente que aún no estaba muy estable.

Me di tanta prisa como pude para sacarle la camiseta, aunque alguien debía sugerirle que para situaciones parecidas usara una camisa de botones. Eso habría hecho mi vida mucho más fácil.

—Ahora tienes que lavarte los dientes —agarré el único cepillo que estaba sobre el lavamanos y le puse el dentífrico.

—No tienes que ver esto, ni ayudarme —dijo Sergei con la cabeza aún colgándole entre los hombros y los ojos cerrados—. Ya me siento mucho mejor.

—Claro que tengo que hacerlo. —Puse el cepillo de dientes en una de sus manos y abrí el grifo, luego me retiré un poco, dándole algo de espacio—. Si te caes, seguramente te golpearás la cabeza contra el lavamanos o las baldosas del suelo, lo que te generará una contusión que te dejará inconsciente y mañana amanecerás muerto, ahogado en tu propio vómito, y yo seré la última persona que te vio con vida. No quiero eso en mi expediente.

—Sería un final poético para mí —dijo cuando terminó de lavarse los dientes y no se me escapó el amargo tono de autodesprecio que había en él, pero era lógico que se sintiese terriblemente apenado. Yo me estaría muriendo de la vergüenza si fuera él.

—Ahora, a la cama —dije llenando un vaso con agua y ofreciéndoselo.

—¿Te he dicho que ya me siento mejor? —Un fantasma de aquella sonrisa encantadora amenazó con aparecer, pero su rostro estaba demasiado desencajado y su mirada demasiado desenfocada para que surtiese el mismo efecto.

—Ni lo sueñes, jovencito —le dije sonriendo—. Los hombres casi inconscientes y que han vaciado su estómago justo frente a mí no me parecen sexys.

Y era cierto. Incluso cuando le había quitado la camisa y unos abdominales bien marcados al igual que unos brazos fibrosos hicieron su aparición, Sergei había perdido todo su encanto sexual. Seguía siendo hermoso y la suave línea de vello que descendía desde su ombligo hasta desaparecer debajo de su pantalón parecía captar demasiado mi atención, pero las mariposas de mi estómago habían decidido tomar una siesta.

Lo ayudé a subirse a la cama, le quité los zapatos, lo tapé con el cobertor y me quedé ahí sentada, acariciándole la espalda hasta que se quedó dormido.

—No debí tomar ese último vaso de vodka —dijo justo antes de caer en la inconsciencia—. Tú eres maravillosa.

En ese momento no me sentía maravillosa en lo más mínimo. Con la toalla húmeda aún en la mano limpié los restos de la enfermedad de Sergei del piso y luego me dirigí al baño para echarla, conjuntamente con la camiseta que había dejado tirada en el piso, en el cesto de la ropa sucia.

Mi propio reflejo en el espejo daba lástima: el pelo desordenado, los labios aún hinchados y, como guinda de la tarta, la parte superior de mi cuerpo estaba cubierta solo por el sujetador.

Ahora que todo había pasado, el sabor de las lágrimas se acumuló en el fondo de mi garganta al igual que la sempiterna pregunta en el fondo de mi mente: ¿y ahora qué?

Nada parecía salirme bien. Allí estaba yo, a las tres de la mañana, en un apartamento en medio de una ciudad desconocida a la cual había venido para tener sexo con un extraño y ese extraño estaba ahora inconsciente en su cama, tras haber vomitado a mis pies producto de la borrachera.

Podía irme y tratar de conseguir un taxi, pero eso era un riesgo y ya había tomado suficientes, no digo por una noche sino por una década completa. Además, con la suerte que estaba teniendo, probablemente llovería, me perdería y moriría congelada en una acera.

Mi mejor curso de acción parecía ser, primero que

nada, encontrar mi sweater, y luego intentar dormir en el sillón que había intuido fuera hasta que la luz del día hiciese un poco menos borrosas las cosas.

Era bueno tener un plan. No lo tenía para el resto de mi vida, pero al menos tenía uno para las horas siguientes. Eso era un avance.

Recargada con mi nuevo propósito, salí del baño, encontré mi sweater en el suelo, comprobé que Sergei estuviese respirando y abandoné la habitación apagando la luz y entornando la puerta tras de mí. Busqué a tientas por las paredes del salón por el que había entrado hasta dar con un interruptor y, en lo que todo se iluminó, me encontré de frente con la verdadera identidad del hombre que ahora dormía en el cuarto de al lado.

Un afiche enorme ocupaba una de las paredes. Un bailarín en lo que claramente era el vestuario de *El Lago de los cisnes* estaba suspendido en el aire capturado en medio de un salto imposible. Debajo solo había un nombre en letras enormes: Sergei Petrov.

Una risa comenzó a escapar de forma incontrolada de mi garganta mientras miraba alternativamente el afiche y la puerta de la habitación, hasta que tuve que ponerme una mano sobre la boca para cortarla en seco. Tanta hilaridad amenazaba con desbordarse hasta dejarme histérica, producto de todo el estrés de la noche y la situación en la que me encontraba ahora.

Damas y caballeros, el Primer Bailarín de la Compañía más importante del mundo acababa de vomitar a mis pies. ¿Quién quería una historia de vacaciones que contar?

Capítulo 4

La Sociedad Mundial de Ortopedia debería haber desterrado el sofá de Sergei de la faz de la Tierra. Mi espalda estaba en agonía y mi cadera derecha, con toda seguridad, tenía un moretón debido a un muelle vencido que se había incrustado dolorosamente en ella.

¿No se suponía que las personas famosas vivían en sitios bien decorados con muebles decentes? El apartamento de Sergei era más un sitio de paso que el lugar donde alguien habitaba regularmente.

El instrumento de tortura, que se asemejaba a un sofá, seguramente había visto tiempos mejores, aunque dudé que alguna vez hubiese sido bonito. La única otra «cosa» en el vasto espacio era una mesa baja en la que reposaba un ordenador portátil y un Ipod al lado de media docena de latas de cerveza vacías y varios periódicos viejos.

La cocina americana que estaba adyacente no mostraba ningún signo de que fuese usada con regularidad. No lucía nueva, sino más bien abandonada.

Para mi fortuna, era de día, tiempo de escapar de allí. Al menos, claro, que una epidemia zombi hubiese atacado Londres en las últimas horas. Eso era plausible teniendo en cuenta lo que me había pasado.

Mi teléfono comenzó a vibrar en el bolsillo trasero de los pantalones, donde había quedado olvidado.

Solo quería saber si estabas viva.

Era un mensaje de texto de Alex.

Todo bien, escribí de vuelta, *en un rato estoy allá.*

¡¡¡Quiero todos los detalles!!!

¡Detalles! Alex no podía ni imaginarse el tipo de detalles que iba a recibir.

Sergei Petrov, también conocido por los tabloides como «el chico malo del Ballet», era, de acuerdo con la prensa especializada, el talento masculino más grande en el mundo de la danza desde Baryshnikov, pero con un comportamiento más parecido al de Colin Farrel.

Había tenido que investigar sobre él hacía un par de meses luego que uno de mis camarógrafos se topó con un tipo borracho saliendo de una discoteca al que los paparazzi parecían prestar demasiada atención. El material llegó a mis manos y, haciendo mi trabajo, me dediqué a indagar quién era. Así conocí de Sergei Petrov y de sus populares escándalos que, como corroboraba la grabación de mi camarógrafo, no se circunscribían a Londres, sino que viajaban con él a cada país donde iba de gira.

Mujeres, fiestas, alcohol y peleas callejeras parecían

ocupar más centimetraje que sus proezas sobre el escenario.

Solo por cortesía, y admitámoslo, un poco de curiosidad, decidí asomar la cabeza en la habitación de Sergei antes de irme.

Él seguía durmiendo, aunque ahora en una forma que se asemejaba mucho más a un descanso normal. Estaba acurrucado de lado con el rostro completamente relajado, cosa que lo hacía lucir incluso más joven y mucho más dulce y provocaba besarlo en la frente.

Su respiración era acompasada, como quien está sumergido en las profundidades de un sueño placentero. Al menos uno de nosotros había descansado correctamente la noche anterior.

Cerré completamente la puerta de la habitación, dándole la espalda a ese bizarro capítulo de mi vida, y me encaminé hacia la salida lista para dejarlo atrás lo más pronto posible.

La cerradura de la puerta principal giró justo antes de que pudiera llegar a ella y un pánico completamente irracional, como todo pánico debe ser, me invadió dejándome paralizada.

Miré de un lado a otro buscando un sitio donde esconderme como una rata capturada en medio de una fechoría por una luz que se enciende de repente. Justo en el momento en que la puerta se abrió, contuve la respiración en un inútil intento de hacerme invisible, táctica que era infructuosa, según había comprobado cuando aún era una niña.

Un hombre entró y parecía aún más sorprendido

que yo al verme parada tiesa, sin respirar, en el medio del recibidor. No entendía su asombro, por mal que me viese después de la horrenda noche en el sofá, porque él era mucho más aterrador que yo.

Si alguna vez pensé que Sergei era grande era porque no me había encontrado con aquella mole. Era enorme en todas sus direcciones, alto y ancho, en una sola palabra: inmenso. Sin embargo, lo más amenazante en él no era ni la dimensión de su torso ni lo ancho de sus piernas, sino la expresión fría de su rostro, que subía hasta unos ojos grises convirtiéndolos en un par de piedras.

Si alguien se atrevía a insinuar que los rubios tienden a parecer encantadores, con seguridad no conocía a ese tipo.

—¿Quién eres tú?—prácticamente ladró y ¡oh, sorpresa!, tenía el mismo acento de Sergei, aunque su voz era unos cuantos decibelios más baja.

—Marianne —No había más que decir, era la respuesta más directa a su pregunta.

—¿Sergei?

—Durmiendo.

Pocas palabras. Era la opción a la que me atendría. Gracias a ellas, mi voz sonaba segura y mi mente no tenía mucho trabajo, lo que le dejaba suficientes neuronas hábiles para convencerme de que no había sido capturada in fraganti haciendo nada malo. Solo me estaba yendo del apartamento donde me habían *invitado* a pasar la noche.

El desconocido pasó a mi lado sin volver a mirarme y abrió la puerta de la habitación, obviamente para asegurarse de que yo decía la verdad, y sin más comenzó a gritar en ruso. Ok, esa parecía ser mi señal para salir de escena.

Mientras me acercaba a la puerta escuché la voz de Sergei responder, también en ruso aunque menos autoritaria y, seguidamente, una carcajada gutural del ¿amigo? ¿Jefe? ¿Guardaespaldas? ¿Integrante de la mafia? Fuera quien fuera, la historia de la noche anterior se había hecho pública y no quería estar allí para enfrentarla en los ojos de un desconocido, cuando difícilmente podría enfrentarla frente al espejo.

—¿Es verdad? —Escuché la voz del hombre aterrador a mis espaldas.

Siguiendo el impulso de la buena educación, me volví para ver a la persona que me hablaba y, para mi sorpresa, el buen humor parecía haber diluido algo la dureza de su rostro, aunque había algo en él, cierto dejo de autoridad implacable, que seguía dándome algo de miedito.

—¿Vomitó mientras se estaban besando? —insistió.

—Bueno, realmente no fue durante, durante —ese era un pensamiento demasiado desagradable para dejarlo asentarse completamente en mi mente—, fue más bien en medio de una pausa.

—¿Y así y todo lo ayudaste a limpiarse, lo metiste en la cama y recogiste el desastre? —La diversión había sido sustituida por cierta incredulidad que me ofendía.

—No me pareció correcto dejarlo en el piso —dije

sin especificar si me refería a Sergei o al contenido de su estómago.

—¿Y te quedaste a cuidarlo?

—Mira, no soy la Madre Teresa —dije cruzando los brazos sobre mi pecho—. Estoy de vacaciones, no conozco la ciudad y me dio miedo irme sola de madrugada, así que dormí en el sofá, pero sí, ocasionalmente le eché un ojo para asegurarme de que estaba respirando.

—No eres su tipo usual —me miró ladeando la cabeza, como si estuviera evaluándome.

—Gracias —dije altanera.

—No es una ofensa.

—Mira, ya es de día, Sergei está vivo y tú estás aquí, así que me voy. A mi hotel.

La situación se estaba volviendo demasiado incómoda. Había algo animal en él, como un león, corrección, un ENORME león, evaluando qué tan rápido podía correr su presa. Tenía que dejarle bien claro que había gente que me extrañaría.

—Si no llego pronto, mis *amigos* comenzarán a preocuparse, ya les avisé que iba saliendo —añadí—. De hecho, estaba de salida cuando llegaste.

—Yo te llevo —dijo y, sin darme tiempo de negarme, comenzó a gritar nuevamente en ruso al interior de la habitación.

—No hace falta—comencé a protestar, pero en dos zancadas estuvo frente a mí recordándome que era enorme y se me cerró la garganta.

—Podrías caer en manos de un taxista poco escrupuloso que te daría vueltas por la ciudad solo para cobrarte de más.

Honestamente, un taxista que se quisiese pasar de listo era menos atemorizante que aquel desconocido de rostro duro y hombros enormes que me sacaba casi treinta centímetros de alto.

—Gracias. —Sabía que esa palabra hubiese debido estar seguida de un «pero», quería inventar una buena excusa, pero no se me ocurría ninguna.

—No me lo agradezcas, es lo menos que puedo hacer —me interrumpió con una sonrisa cómplice—. Además, voy a atizar a Sergei con esto durante mucho tiempo.

—Créeme, yo voy a atizarme a mí misma con esto por mucho más tiempo —respondí casi inconscientemente y hasta le devolví la sonrisa.

Él no podía seguir haciéndome aquello. Pasar de aterrador a simpático cada dos segundos. Una parte de mí, la misma que deseaba más que cualquier otra cosa llegar al hotel, darme un baño y dormir, quería confiar en él, pero la otra continuaba mandando signos rojos de alarma. Era mucho para procesar por mi cerebro con falta de sueño. Incluso sentía la amenaza de una jaqueca cerniéndose sobre mi futuro más cercano.

—¡Adiós, Sergei! —grité dándome por vencida en aquello de tratar de encontrar una excusa para no irme de allí con ese hombre—. Espero que te sientas mejor.

—Lo siento mucho, Marianne —gritó de vuelta

desde el interior de la habitación—. La vergüenza me impide salir de la cama.

—Vergüenza parece ser el nuevo nombre de la resaca —musitó el sujeto con una mueca antes de extenderme la mano—. Soy Vadim.

Con un fuerte apretón, del tipo que dan los políticos en campaña o los hombres de negocios al cerrar un trato, Vadim estrechó mi mano y luego desapareció en el pasillo. Me apuré para alcanzarlo, no quería enfrentarme al mal humor de La Mole si me retrasaba.

Una vez en la calle, Vadim abrió la puerta del pasajero de un Pontiac GTO plateado estacionado justo al frente del edificio. Debido a su aspecto hubiese esperado un Aston Martin, un Audi o algún vehículo estilo mafioso o agente secreto amnésico, no el típico *American Muscle* que no combinaba con el dueño ni tampoco con el escenario.

No obstante, debía reconocer que el coche era absolutamente fabuloso y el gesto de su dueño al sostener la puerta abierta para mí tampoco pasó desapercibido. Obviamente, la caballerosidad podía aún encontrarse en el lugar más inesperado, si por lugar inesperado nos referimos a un eslavo de más de un metro noventa con una espalda tan ancha como la puerta de un garaje.

—Gracias —dije deslizándome en el asiento de cuero—. Este es un coche realmente muy serio.

—Yo soy alguien realmente muy serio —dijo mientras cerraba la puerta sin el menor rastro de prepotencia, solo como quien da cuenta de un hecho cierto y ampliamente conocido.

Cuatro días en Londres

En tres zancadas más estuvo al otro lado y se deslizó con la gracia que da la costumbre en el asiento del piloto, poniendo el vehículo en marcha.

Aproveché para cerrar los ojos, tratando de combatir la ya mencionada jaqueca que centímetro a centímetro iba ganando el espacio del que se creía dueña en el interior de mi cabeza, y no los abrí hasta que sentí el coche detenerse, solo que no estábamos frente a mi hotel, sino aparcados junto a la acera de otra calle que no significaba nada para mí.

—Sigue durmiendo, parece que lo necesitas —dijo Vadim mientras se bajaba. Había algo en el tono de su voz que hacía que todo sonase como una orden imposible de obviar—. Ya vuelvo.

Tal vez tenía que enviar una carta en el correo, comprar el periódico, poner una bomba en una tienda de abastos o asaltar un banco para luego huir conmigo utilizándome como rehén.

No pude evitar reír ante las evidentemente jocosas especulaciones de mi mente. Sin lugar a dudas, necesitaba una ducha, unas buenas ocho horas de sueño y dejar de ver películas de acción.

—Me alegro de que te estés divirtiendo.

La voz de Vadim volvió a retumbar a mi izquierda y al abrir los ojos todas esas ideas de él asaltando un banco con una Uzi terciada sobre su espalda se encontraron en carne y hueso con su protagonista, solo que en vez de un arma sostenía en cada mano un vaso y tenía una expresión completamente relajada. Nuevamente me eché a reír ante la incongruencia.

Sí, era un hecho mundialmente reconocido, la falta de sueño me volvía una idiota.

—Espero que no estés construyendo la historia que le vas a vender al *Daily News* o al *Star*. —Extendió uno de los vasos hacia mí mientras arqueaba las cejas—. ¿Café?

—¡Que estúpida soy! —dije golpeándome teatralmente la frente con la palma de la mano—. Estaba demasiado ocupada tratando de mantener mis pies libres de vómito y se me olvidó tomar una foto. —Y poniendo los ojos en blanco tomé el vaso—. Gracias por el café.

—No te ofendas —dijo volviendo a montarse en el coche—. Te sorprendería la cantidad de *groupies* que hay en el mundo del ballet, y el muchacho es el blanco preferido de los paparazzi cuando ningún famoso decide visitar Londres. Los periodistas son una plaga.

Yo ya no trabajaba como periodista y no sabía si quería volver a hacerlo, pero de todas formas acusé el golpe. Me gustara o no, era una periodista hasta que algo nuevo pudiera ser usado para llenar la casilla etiquetada como «profesión» en cualquier formulario.

—Por si acaso —continuó—, ten en mente que puedo igualar cualquier oferta que te hagan.

—Me haces lamentar cada vez más no haber tomado la maldita foto —le dije con una mueca—. Mira, quédate tranquilo, ni siquiera sabía quién era él hasta después de todo el incidente de la vodka mezclada con bilis.

Cuatro días en Londres

—O sea, ¿que te conquistó solo con su porte natural de borracho empedernido? —preguntó negando con la cabeza.

—No puedes negar que Sergei tiene su encanto —le dije encogiéndome de hombros—. Aunque en este caso en particular podría asegurar que todo tuvo que ver con la estupidez que parece embargar a las personas cuando salen de vacaciones, ¿sabes? Toda esa tontería de hacer algo que nunca has hecho, un extraño en una ciudad extraña, bla, bla, bla. Pero el Cosmos ha hablado y la lección quedó aprendida.

—¿Qué fue exactamente lo que aprendiste?

—Que no soy ese tipo de chica y que cuando intento serlo termino con los zapatos salpicados.

—Me alegra saberlo —dijo mirándome de lado y dedicándome una de sus sonrisas torcidas que parecían humanizarlo.

—¿Qué? ¿Lo de mis zapatos?

—Que no seas ese tipo de chica.

—No lo sé, me gustaría ser algún tipo de chica —le dije con un guiño.

—¿De dónde eres, Marianne?

—Nueva York —dije sorbiendo el café con fruición. Estaba bueno y mi cuerpo lo necesitaba tanto como el aire —¿Y tú? ¿También eres ucraniano?

—Ruso —dijo con una pizca de desdén—. ¿Qué haces en Nueva York?

Ni obligada le iba a decir que hasta hacía un mes había trabajado como periodista para un canal de televisión.

—Vivo.

—Eres un espíritu libre, entonces.

Podía vivir con eso. Es decir, yo era lo opuesto a un espíritu libre y la única vez que intenté serlo terminé haciendo de enfermera de un chico realmente hermoso, pero dejar que otra persona lo creyera no era tan malo. Era eso o tener que recitar en voz alta mis miserias.

—¿Y tú qué? —decidí que, en vez de responder, era mejor que la conversación no se centrara más en mí. Eso era lo que decían las revistas: había que interesarse en la otra persona. Solo que este Vadim solo estaba siendo cortés, no era una cita ni nada de eso—. ¿También eres bailarín?

—No —casi se ahogó con el café, como si la sola suposición fuese descabellada—. Mi única contribución a las artes es hacer que Sergei vaya a entrenar todos los días y se presente a los espectáculos lo suficientemente sobrio para recordar los pasos.

—Muy altruista de tu parte. Me imagino que es un trabajo casi de tiempo completo.

—Ya llegamos.

Sin saber por qué estaba decepcionada. Cuando salí del apartamento de Sergei lo único que quería era llegar a mi hotel y ahora mi mente trabajaba a mil por hora pero no daba con ninguna excusa para permanecer dentro del coche. Bueno, de hecho, sí se le ocurrían algunas pero ni muerta iba a fingir desmayarme o estar repentinamente enferma. No era tan buena actriz.

—Muchas gracias por el café y el paseo —dije sin

hacer el más mínimo amago de bajarme—. Ha sido todo muy... ¿interesante?

—Interesante —pareció barajar el concepto por un rato—. «Inesperado» sería más adecuado, pero en el buen sentido. *Serendipia* creo que le dicen.

—Un neologismo poco usado, pero te lo compro.

—Vendido entonces.

A esas alturas la conversación parecía estar prolongándose más allá de lo políticamente correcto, así que como era mi turno de hablar, y no se me ocurría nada que no pusiera en evidencia mi propio intelecto, me decidí por lo más lógico, si bien sorpresivamente poco placentero.

—Adiós entonces, cuida bien de Sergei —dije bajándome finalmente.

Con un seco asentimiento de cabeza se puso en marcha y yo hice lo propio encaminándome hacia la puerta del hotel, aunque justo en el umbral volteé esperando... ¿qué? No lo sé, pero ya Vadim había desaparecido y por alguna extraña razón yo estaba de un excelente humor.

Capítulo 5

Mi falta de sueño la noche anterior no fue una excusa lo suficientemente buena para que Alex me dejara dormir durante el resto de la mañana. No paraba de repetir que había mucho que explorar en Londres y solo nos quedaba un día.

Haciendo uso de su mapa me arrastró a todo sitio turístico disponible, asegurándome que ya tendría tiempo suficiente de dormir cuando estuviese de nuevo en mi casa, desempleada y sin la menor idea de qué hacer a continuación.

Londres era hermosa y, en serio, lamenté no haber estado lo suficientemente alerta para disfrutarla como se merecía, pero de regreso al hotel solo podía pensar en sumergirme en mi cama y dormir. Sin embargo, el Cosmos parecía divertirse en demorar la única gratificación que estaba buscando y que, por lo visto, iba a tener en ese viaje.

La recepcionista llamó a Alex en lo que cruzamos

Cuatro días en Londres

en umbral y ella se acercó hasta el mostrador mientras yo la esperaba en el medio del *lobby*, cambiando impacientemente mi peso de un pie a otro.

—Es para ti —dijo Alex caminando hacia mí y extendiéndome un sobre de hilo color crema con el nombre «Marianne» garabateado en una caligrafía prácticamente ilegible.

—¿Seguro? —miré el sobre como si se tratara de una bomba que podía estallar en el momento que la tocara—. No creo ser la única Marianne en este hotel.

—Esta gente sabe su trabajo —alargó nuevamente el sobre hacia mí con una mirada de innegable curiosidad—. Si dicen que es para ti, es para ti.

Tomé el sobre y caminé hacia el ascensor mientras lo sacudía en una mano para poder rasgarlo por un costado. Una vez dentro del elevador lo abrí y deslicé el contenido en mi mano. Era un boleto, sin nota explicativa ni nada, pero tampoco hacía falta.

—Una entrada —dije levantando brevemente la mirada de la cartulina a fin de saciar la curiosidad de Alex— para *Onegin*, esta noche, en el Covent Garden.

Alex me arrebató el boleto y tras inspeccionarlo lo agitó en su mano, mostrando lo que solo podía ser catalogado como una sonrisa de triunfo.

—Un ucraniano con mala bebida te está pidiendo disculpas y, lo que es mejor, quiere expresártelas personalmente.

Obviamente le había contado a Alex sobre lo que había pasado con Sergei, pero dejando por fuera casi todo lo relacionado con Vadim, salvo que me había traído de vuelta. Sentía que si empezaba a hablar de él, los minutos que pasamos juntos ocuparían más tiempo que la noticia en sí misma.

—No lo sé —dije rescatando mi boleto para meterlo nuevamente en el sobre y echarlo en el interior de mi bolso—. Después de lo de anoche, Sergei ha descendido desde el universo de los dioses al de los peores mortales. En serio, tras verlo desperdigar en el suelo el contenido de su estómago, por alguna razón, perdió todo su encanto, ¿quién lo diría?

Las puertas del ascensor se abrieron en nuestro piso y Alex salió, tomando la delantera, hacia nuestra habitación.

—No me digas que no vas a ir —justo antes de insertar a llave magnética me miró ladeando la cabeza, como si necesitara descubrir que no le estaba jugando una broma—. Querías ver esa obra, hasta fuimos a buscar las entradas cuando llegamos, para enterarnos que tenían más de un mes agotadas, ¿y ahora un pequeñito exceso de vodka va a detenerte?

—Me parece un gesto de mala educación —dije siguiéndola al interior de la habitación—. No escribió ninguna nota de disculpa o al menos un «hola». Además, él sabe que estoy con una amiga pero mandó un solo boleto. ¿Eso no te dice algo?

—Sí, me dice que no solo quiere que lo veas sino verte, preferiblemente desde arriba, con todo tu cabello regado sobre una almohada.

No pude evitar soltar una risita. Todo para Alex

Cuatro días en Londres

siempre parecía tan fácil y ninguna situación estaba exenta de humor.

—Además, tienes todo a tu favor —continuó con esa lógica irrebatible de quien ve las cosas sin involucrarse demasiado—. Vas, disfrutas de la obra que querías ver y te enteras qué tal luce el ucraniano en mallas... ¿de qué color?

—Negras, en *Onegin* son negras.

—Si algo resalta en medio de esas mallas negras, tú sabes que el negro todo lo adelgaza, debes considerar seriamente ir a esperarlo en la puerta de artistas; pero si nada llama tu atención, te regresas y lo dejas esperando. Ganar, ganar.

—No puedo contigo.

—Claro que no, por eso vas a dejar que te ponga preciosa y esta noche vas al ballet.

Aquello de que «la belleza requiere sacrificios» parecía haberse convertido en el nuevo mantra de Alex. Tras alisar mi cabello y torcerlo en un complicado moño, sostenido por dieciocho tortuosas horquillas ornamentadas, literalmente me embutió en un vestidito negro que daba justo por encima de mis rodillas. El modelo era sencillo, de mangas largas, cuello redondo, algo que yo podría haber usado, siempre y cuando fuese al menos una talla más grande.

El atuendo estaba complementado con el juego de ropa interior más atrevido que había visto en mi vida, unas medias que se ajustaban con un encaje elástico en la parte superior de mis muslos y unos Christian Louboutin de satín negro.

Mientras abordaba el taxi frente al hotel, tratando de no mostrarle a ningún incauto transeúnte que mis bragas combinaban perfectamente con el encaje de la parte superior de mis medias, me pregunté si Cenicienta se había sentido igual de incómoda tras ser vestida por el hada madrina.

Solo una vez que estuve dentro del Covent Garden finalmente pude relajarme.

Mi ubicación era perfecta, casi justo en el medio de la platea. Nada que ver con el puesto en el último balcón que yo podría haber costeado.

Mientras miraba el telón púrpura con las iniciales ER (*Elizabeth Regina*) bordadas en dorado en las esquinas, llegué a la conclusión de que Sergei se había ganados unos cuantos puntos. Tal vez lo esperaría después de la función.

La luz comenzó a disminuir mientras la orquesta afinaba y alguien se deslizó en el asiento a mi lado. Volteé casi por reflejo y mis pulmones se vieron en la absoluta necesidad de tomar una bocanada de aire extra que exhalé conjuntamente con una sonrisa.

—Justo a tiempo —me susurró un Vadim en traje y corbata luciendo, para hacer todo mucho más incongruente, su mejor expresión cómplice.

—No —le dije con un tono de fingida amonestación, como si realmente lo hubiese estado esperando—. Llegas tarde.

Tuve que contener el impulso de darle el breve y

cariñoso apretón en la mano que parecía el colofón justo para nuestra conversación.

Me sumergí lo mejor que pude en el drama del enamoramiento inocente de Tatiana y los desplantes de Onegin que tenían lugar en el escenario. La actuación de Sergei era perfecta, realmente querías llegar hasta él y darle un par de cachetadas para que dejara de ser tan malvado, sin mencionar los malabarismos técnicos que sus piernas ejecutaba sin dificultad aparente.

No obstante, no podía evitar mirar de cuando en cuando a mi vecino. Su postura relajada y hasta elegante, logro difícil para alguien de sus dimensiones, su nariz recta y su cabello cortado pulcramente, lo hacían lucir como el tipo de persona que va al teatro, culto y refinado. Más como James Bond que como el villano de la KGB.

Los aplausos retumbaron cuando concluyó el primer acto y el ruido me trajo de vuelta a la realidad en la que Vadim dejaba de ser una sombra placentera para convertirse en el hombre inquietante que recordaba. De repente fui consciente de que, sentada, ese vestido tan ajustado no era favorecedor. Todas las protuberancias eran mucho más obvias en esa posición. Así que aun cuando las luces no se habían encendido del todo, me puse de pie.

—Creo que aplaudir de pie se reserva para el final —me susurró incorporándose para hacerme compañía.

—¿Tú qué sabes? —le pregunté, tratando de disimular la verdadera y vana razón por la que estaba parada—. Pensé que no te gustaba el ballet.

—Nunca dije eso —me miraba de arriba abajo haciéndome sentir, si es que eso era posible, aún más consciente de todas mis imperfecciones—. Te ves diferente.

—Me bañé.

—Puedo olerlo. También te peinaste, pero sigues sin parecer el tipo de Sergei —dijo sonriendo—. Vamos, te invito a tomar algo de beber.

Se movió, abriendo el paso para que yo saliera al pasillo central, y me escoltó hasta el bar del hall principal. Me dejó sola un par de minutos para buscar las bebidas y, mientras se alejaba, puede apreciar que Vadim causaba en otras personas el mismo efecto que tenía en mí.

Parecía robar miradas por donde pasaba, pero esas ojeadas no estaban cargadas de fascinación, sino de una especie de respeto reverencial mezclado con temor e incluso unos cuantos cuchicheos. Tal vez ellos supieran algo que yo desconocía, o simplemente se debía a que había retomado esa expresión dura de «no se te ocurra acercarte» o «te destrozaré si me hablas solo con la fuerza de mi mirada» que lucía la primera vez que me topé con él.

Cuando venía de regreso, con dos copas en la mano, tuve mi oportunidad de estudiarlo mejor. Tenía ese andar seguro de aquellos que se sienten confortables con lo que son y, a pesar de que nuevamente la expresión de su rostro podía congelar el infierno, pude notar que, si bien no era una belleza de cuentos de hadas, como Sergei, poseía esa fisionomía que te recuerda que los hombres son diferentes a las mujeres.

Vadim no tenía rasgos delicados, era cien por ciento masculino.

—¿Merlot? —dijo extendiéndome una de las copas.

—Primero café y ahora vino. ¿Qué me darás la próxima vez que nos veamos?

—¿Quién ha dicho que habrá una próxima vez? —me respondió en un tono completamente carente de emoción.

Por alguna razón quería dejar de sentirme apabullada por él, por su tamaño, por sus maneras, pero ese tipo de respuestas acompañada de una mirada fría no me la estaban poniendo fácil y eso más que molestarme me frustraba.

—¿Disfrutas haciéndole eso a todo el mundo o es solo conmigo? —contraataqué con un mohín.

—¿Qué?

—Esa rutina de ahora soy simpático, ahora no; ahora soy amable y tres segundos después soy grosero. ¿Te resulta? Porque, honestamente, la bipolaridad dejó de ser novedad en los noventa.

Una risa ahogada escapó de su garganta y, finalmente, su expresión volvió a suavizarse.

—Bebe tu vino, te hará falta para soportar el drama que nos espera en el segundo acto.

—¿Te leíste el argumento? —pregunté con fingido

asombro—. ¡Y yo que creía que estabas aquí solo para brindarle apoyo a tu amigo!

—Está basado en un poema de Pushkin —dijo con cierta prepotencia no carente de humor—. Soy ruso, lo estudié en el colegio.

—Es difícil imaginarte como un jovencito aplicado que lee poesía acurrucado en medio del invierno ruso.

—¿Cómo me imaginas, Marianne? —dijo suavemente inclinándose hacia mí, invadiendo mi espacio privado.

Inmediatamente una sucesión de imágenes de Vadim pasó por mi mente y lo más perturbador era que en la mayoría de ellas no tenía camisa y yo estaba con él.

—De ninguna forma —traté de mentir, negando con la cabeza para reafirmar lo que estaba diciendo, pero apostaba lo que quedaba en mi cuenta de banco a que el rubor me estaba delatando—. No, ni una sola vez, ¿por qué iba hacerlo? No eres tan memorable.

—Es una lástima —dijo sonriendo, lo que era una clara indicación de que no me había creído ni una palabra—, yo sí lo he hecho.

—¿Pensar en ti mismo? No me sorprende, se llama narcisismo y es una patología.

—No —todo rastro de humor se había desvanecido de su rostro como por arte de magia y me miraba de una forma que me hacía imposible moverme—. Me refería a que yo sí te he imaginado, de muchas formas.

La muy inoportuna campana que anunciaba el inicio del segundo acto hizo estallar la pequeña burbuja en la que habíamos estado y el barullo a nuestro alrededor regresó como por oleadas, dándole a nuestra conversación esa cualidad etérea que solo tienen los sueños. ¿De verdad me había dicho eso? Su expresión cómplice había desaparecido e incluso ahora estaba parado unos buenos tres pasos más allá.

Primero desempleada y ahora loca. Eso era lo que me faltaba.

Capítulo 6

El público sí aplaudió de pie al final por unos buenos diez minutos hasta que por fin se dio cuenta que era hora de irse a casa cuando Sergei y el resto del elenco dejaron de hacer apariciones delante de la cortina.

—¿Eres de las que piensa que Tatiana debió perdonar a Onegin y convertirlo en su amante o huir con él, o de las que sienten satisfacción al ver la forma en que lo echa al final? —me preguntó Vadim mientras salíamos.

—No soy una romántica, admiro a las mujeres fuertes como Tatiana, pero debo reconocer que es un final agridulce. Ella no puede perdonarlo, estaría mal que lo hiciera, pero la separación les hace daño a los dos. Es triste, pero así es la vida. Los finales felices son escasos.

Ya estábamos fuera del teatro y teníamos que despedirnos. No habíamos venido juntos ni nada y además, quería ir a esperar a Sergei en la puerta de artistas para darle las gracias y felicitarlo. Sin embargo, no quería marcharme y Vadim tampoco decía nada parecido a «buenas noches» o «adiós».

—Creo que debo ir a felicitar a Sergei —dije no muy segura, señalando con los dedos un lugar impreciso, pero sin decidirme a dar un paso en ninguna dirección.

—Tú y otras cien fanáticas que lo esperarán cerca de una hora paradas en el frío —dijo mirando hacia la ciudad—. Siempre se demora una eternidad en salir. Yo voy a procurarme algo de comer. ¿Vienes?

Estaba mal no esperar a Sergei, a fin de cuentas era él quien me había invitado, pero los tacones eran demasiado altos y el chal, con el que Alex había complementado mi atuendo, demasiado ligero para esperar parada en el frío. Adicionalmente, la mano que Vadim extendía hacia mí era el tipo de invitación que no podía ni tampoco, vaya a saber Dios por qué, quería rechazar.

El GTO estaba aparcado un poco más adelante. Nuevamente sostuvo la puerta para mí y por segunda vez en el mismo día me dejé conducir por las calles de Londres por un perfecto extraño.

Pensé que pararíamos en cualquier lugar para tomar un café o comer algo ligero pero últimamente como que nada era lo que esperaba, y nuevamente me encontré estacionada frente al edificio donde vivía Sergei.

—Sergei es mi vecino —explicó Vadim mientras

sostenía la puerta del coche abierta para mí, como dándome una explicación valedera para bajarme—. Siempre después de cada función importante pasa por mi casa buscando algo que comer, así me evito esperarlo donde lo hace todo el mundo.

Después de todo, al parecer, iba a agradecerle a Sergei por el boleto y como colofón comería algo mientras esperaba. Ganar, ganar había dicho Alex. Eso sin mencionar que me moría por saber si en la casa de Vadim había fusiles de asalto colgados en las paredes, cuchillos de caza bajo el sofá, paneles secretos que se abrían con una clave dejando al descubierto una Walter PPK o tal vez un gato blanco con un collar de diamantes.

El vestíbulo del edificio parecía diferente visto a una hora más decente. Tal vez la primera vez, por estar mirando mis zapatos y distraída con mi diatriba mental, o porque había menos luz, no había notado que era no solo amplio, sino que tenía clase. Un portero uniformado nos abrió la puerta musitando un «buenas noches», los pisos eran de mármol y había un sofá en un costado que parecía muy cómodo. En esa oportunidad no tuve que usar las escaleras, sino el ascensor que nos llevó hasta el quinto y último piso.

A diferencia de donde vivía Sergei, en ese pasillo había una sola puerta que Vadim abrió haciéndome un gesto con la cabeza para que entrara.

No había rifles, ni cuchillos de caza, ni ningún tipo de arma, al menos no a la vista, tampoco ningún gato. El lugar era mucho más grande que el de Sergei y estaba decorado con gusto, pero de manera simple y moderna.

En un solo ambiente convivían la cocina y el recibidor, separados por una barra de granito negro. Todo en la cocina era de granito y acero inoxidable mientras que en el recibidor dos sofás de cuero color crema se agrupaban en torno a lo que parecía una mesa de forma irregular, también de piedra negra.

Empotrados en una de las paredes estaban un televisor casi tan grande como una pantalla de cine, un BlueRay y algo que bien podría ser un equipo de sonido o los mandos de la nave Enterprise. A ambos costados, anaqueles de techo a piso, llenos con películas y discos compactos.

—Lindo —fue todo lo que puede decir al entrar, aunque la palabra se quedaba corta. Todo parecía sacado de una revista de decoración.

—Cómodo —respondió encogiéndose de hombros.

—¡Tienes una terraza! —dije fijando la vista en un par de puertas francesas que daban al exterior.

—Te vas a congelar ahí afuera —dijo a mis espaldas con un claro tono de advertencia.

—Nah... —respondí abriendo una de las puertas para salir.

La brisa helada me golpeó el rostro como una bofetada e instintivamente apreté contra mi piel el delicado chal que llevaba sobre los hombros. Pero a pesar del frío, la vista era hermosa. Miles de luces resplandecían en el exterior como estrellas titilantes en medio de la oscuridad.

Había algo mágico en contemplar de noche una ciudad que no conoces. Me hacía pensar en las millones de vidas que discurren anónimas y, al mismo tiempo, paralelas a la tuya propia. En medio de esa inmensidad, los propios dramas y temores se volvían mucho más pequeños.

Me quedé un momento contemplando Londres y pensando en posibilidades imprecisas hasta que una brisa me hizo recordar que era invierno y mis piernas estaban cubiertas solo con un fino par de medias de nylon.

—Te serví algo de beber —dijo Vadim en lo que cerré la puerta de la terraza y volví al tibio interior.

Se había despojado de la chaqueta y la corbata y, con las mangas de la camisa subidas hasta los codos, trajinaba en la cocina.

En la barra una copa a medio llenar esperaba al lado de una botella de vino tinto.

—Cocinas... —dije tomando la copa y bebiendo un sorbo para erradicar el frío que parecía haber penetrado incluso más allá de mis huesos.

Vadim cortaba finas tiras de carne mientras en un Wok vegetales se asaban llenando el espacio de un olor que hizo que mi estómago recordara que tenía trabajo pendiente.

—Cuando dijiste que ibas a comer algo, no pensé que ibas a prepararlo

—Es un principio básico: si te gusta comer, tienes que saber cómo cocinar.

—No necesariamente —dije apoyando la cadera

cerca de la cocina—. Hay tiendas, restaurantes, comida que viene lista. Cocinar consume mucho tiempo.

—Hay cosas que merecen el tiempo —dijo mirándome de una forma tan intensa como si estuviéramos sosteniendo una conversación seria, no algo casual—. Lo que viene «listo para comer» te quita el placer de tocarlo, prepararlo y saborearlo hasta que esté justo en el punto que deseas. Solo así se disfruta, lo otro es solo cumplir una necesidad orgánica.

—Es decir, que como yo no lo preparé no voy a disfrutarlo tanto como tú —dije lanzando una mirada significativa al Wok donde ahora Vadim echaba las tiras de carne y las mezclaba con los vegetales.

—No sé si tanto como yo —dijo tomando un pedazo de zanahoria y ofreciéndomelo—, pero pondré mi mayor esfuerzo.

Por segunda vez en una noche, Vadim estaba con la mano extendida ante mí y aunque comer de sus dedos parecía extrañamente íntimo, tal vez solo quería que probara si ya estaba listo y no iba a dejarlo así, esperando mientras yo procesaba todas las implicaciones del hecho.

En vez de comer de su mano, tomé el pedazo de zanahoria entre mis dedos, lo inspeccioné, como si evaluara una fina joya, y me lo metí en la boca.

—Todavía están un poco duras —dije con una sonrisa.

—Sí, me di cuenta —volvió toda su atención al Wok, revolviendo la mezcla—. Eso es lo bueno de las zanahorias, tardan en cocinarse pero una vez listas son grandiosas.

—También puedes comerlas crudas

—O crudas o cocinadas, nunca a medio hacer.

¿De verdad estaba sosteniendo una conversación con Vadim sobre la forma de cocinar zanahorias?

Todo en él era una contradicción: enorme, con una mirada que podía congelar al mundo, una cara de matón y un carro deportivo, pero iba al ballet, cocinaba y tenía un apartamento precioso. Siempre intimidante, aun cuando conversaba sobre zanahorias, pero al mismo tiempo atrayente; sin duda una de las personas más interesantes que había conocido.

¿Cuál es su historia?, me pregunté, empinando lo último que quedaba en mi copa.

—¿Qué? —le pregunté al darme cuenta que había distraído su atención de la cocina y me estaba mirando otra vez de esa forma que parecía clavarme en el piso.

—Tienes... —su mano se movió en círculos cerca de su boca—. ¿Puedo?

Sin darme cuenta aún de lo que pasaba, la mano de Vadim estaba en mi quijada y su pulgar recogió algo húmedo de la comisura de mi boca para luego deslizarse suavemente por mi labio inferior. Tal vez por reflejo o por una necesidad apremiante de meter mucho aire en mis pulmones separé los labios y él deslizó su dedo en el interior de mi boca.

SANTA.MADRE.RUSIA. Nunca nadie me había hecho eso antes y hasta ese momento no sabía de la respuesta erótica que podía producir, pero mi boca obviamente sí lo sabía, pues se cerró sobre ese dedo y lo succionó.

Todo mi cuerpo pareció estallar y contraerse al mismo tiempo bajo los ojos repentinamente oscurecidos de Vadim, que se mantenían fijados en los míos como si nada más alrededor existiese, al menos hasta que alguien tocó la puerta.

—Debe de tener mucha hambre si vino tan pronto —dijo sin apartar los ojos de mí, pero con una voz tan calmada como si aún estuviésemos hablando de zanahorias, o tal vez nunca se había tratado realmente de vegetales.

Tomándose su tiempo sacó el dedo de mi boca y se entretuvo unos segundos más jugueteando con mis labios antes de ir a atender la puerta. Con las piernas como gelatina y el corazón sonando al ritmo de un tambor tribal me recliné en la barra de la cocina tratando de que mis neuronas volvieran a hacer sinapsis y me ayudaran a descifrar todo aquello.

Palabras en ruso precedieron la entrada de un Sergei con el cabello aún húmedo, unos jeans desgastados y una camiseta con el cuello estirado. Me miró ladeando la cabeza con una expresión confundida antes de volver a mirar nuevamente a Vadim.

—Sergei, felicitaciones —dije logrando que mi voz sonara equilibrada.

Aquello NO era incómodo. No era como si hacía menos de veinticuatro horas hubiese estado en su casa, contra una pared en medio de una sesión de besos, y ahora estuviese en el mismo edificio, cuatro pisos más arriba, en casa de su amigo, quien me acababa de meter el dedo en la boca

—Tu Onegin fue fantástico.

—Marianne —respondió con esa sonrisa entre el bien y el mal que le subía hasta los ojos y me pregunté si alguna vez podría verlo sin sentirme maravillada por su belleza—. ¿Vadim te invitó al teatro?

Un momento. ¿No había sido él quien había dejado el boleto en mi hotel? Afortunadamente, no tuve que expresar en público mi confusión, pues Sergei volvió a dirigirse a Vadim en ruso y este le contestó casi ladrando.

—¿Pueden dejar de hacer eso? —protesté mirándolos alternativamente—. Siempre tengo la impresión que están hablando de mí y no quieren que me entere.

—Le decía a mi amigo —explicó Sergei sacando otra copa y sirviéndose de la botella que aún estaba medio llena sobre la barra—, que si va a robarme a mi chica al menos no me use como excusa, ni mucho menos los boletos que le regalo.

—Sergei... —la voz de Vadim sonó como una advertencia desde su lugar frente a la cocina, al que había regresado para colocar lo que parecían fideos de arroz dentro del Wok.

—No soy «tu chica» —le dije a Sergei, extendiéndole mi copa casi vacía.

—Pero tenemos un asunto pendiente —dijo él con un guiño mientras la llenaba nuevamente.

—Creo que nuestro asunto terminó oficialmente cuando vomitaste en mis zapatos.

—Auch —dijo sonriendo al tiempo que una risa ahogada escapaba de la garganta de Vadim—. Si cambias de opinión...

—Suficiente —Vadim se aproximó a Sergei con un plato lleno en la mano. Ni su tono ni su expresión eran de alguien que estaba realmente molesto, sino más bien de quien reprende a un niño excesivamente travieso—. Ve a comer a tu casa.

—No he terminado mi vino —Sergei levantó su copa medio llena y la balanceó de un lado a otro.

Si Vadim parecía un adulto tratando de disciplinar a un pequeño malcriado, Sergei se comportaba como el típico adolescente rebelde. Ese tipo de dinámica entre dos hombres adultos era extrañamente cautivante, retorcida sí, pero cautivante.

—Llévate la botella —ordenó Vadim bajando el tono de su voz un par de decibelios.

Con encogimiento de hombros Sergei empinó lo que quedaba en la copa, con una mano agarró la botella y con la otra tomó el plato de las manos de Vadim antes de hacer una leve inclinación de cabeza hacia mí.

—Que tengas buenas noches, Marianne.

Con ese andar felino que lo caracterizaba, Sergei salió por la puerta mientras Vadim sacaba más platos y los ponía sobre la barra de la cocina.

—Entonces —dije tratando de llenar el silencio. El ruido de la porcelana y el cristal parecían hacer eco dentro del apartamento—, ¿fuiste tú quien me dejó el boleto para el teatro en mi hotel?

—Sí

Vadim seguía sin verme, concentrado ahora en llenar los platos con comida

—¿Y por qué el misterio? —indagué acercándome hasta que estuve a su lado. Apoyé la espalda en el mostrador de granito al lado de la cocina y crucé los brazos sobre mi pecho.

—Cuando te dejé en el hotel esta mañana —dijo por fin abandonando las labores de cocinero y reclinándose en el mostrador justo a mi lado, su pierna prácticamente rozando con la mía pero con la vista orientada hacia la terraza—, me di cuenta de que tenía mucho tiempo sin sentirme así de relajado con alguien y no quise arruinarlo. Tú irías al teatro por tu cuenta y, si todo seguía igual, comeríamos algo, sin acartonamientos ni expectativas, casual. Soy malo en eso de las citas.

—Hasta ahora vas muy bien.

Finalmente volvió la cabeza para verme, sonriendo, aunque su cuerpo seguía rígido, con los brazos cruzados sobre el pecho.

—Es porque esto NO es una cita.

—¡Claro! —dije riendo—. Imagino que estaría fuera de lugar en una cita meterle el dedo en la boca a tu compañera... eso es mejor hacerlo en los «encuentros casuales».

En un solo movimiento el cuerpo de Vadim giró hasta quedar frente al mío, sus manos apoyadas en el mostrador a ambos lados de mi cuerpo, atrapándome.

¿Por qué diablos había dicho eso? ¿Acaso no podía sacar de mi mente la idea de su dedo en mi boca? *SUPÉRALO, MARIANNE.*

Quería disculparme, decir que mi comentario había sido una broma, una muestra de lo «relajada» que podía ser, lo suficiente para bromear abiertamente sobre esas cosas. No obstante, todo sonido se ahogó en mi garganta cuando subí la cara y me encontré con ese rostro duro, casi cruel, de la primera vez. Sus ojos estaban poseídos por cierta cualidad salvaje, todo el gris tragado por el negro de las pupilas.

—El dedo —dijo lentamente—, fue solo un placebo para otras cosas que quisiera poner en tu boca y en otras partes de tu cuerpo.

Un ruidito de sorpresa escapó de mi garganta cuando intenté respirar. Estaba aterrada, paralizada, completamente abrumada por su presencia tan cercana, tan imponente, pero al mismo tiempo no quería escapar, deseaba saber qué vendría a continuación.

Honestamente, algo debía de estar mal en mí. No estaba bien que solo por unas palabras que en cualquier otro momento me hubiesen parecido demasiado crudas, un delicioso calor se estuviese extendiendo por todo mi cuerpo hasta volverse líquido entre mis piernas.

—Y ahora me miras así, con los ojos abiertos, la imagen perfecta de la candidez, en contraste con ese vestido que se te pega insinuándome lo que puedo encontrar debajo si te lo quito. Definitivamente, no eres el tipo de Sergei, eres el mío —cerró los ojos y aspiró una bocanada de aire—. He estado necesitando de todo mi autocontrol para no tocarte desde que me sonreíste en el teatro.

¿Por qué no quería tocarme? Podría haber miles de razones: estaba casado, comprometido, era un agente secreto, un testigo protegido o un vampiro sediento de mi sangre, pero ninguna me importaba. ¡Yo quería que me tocara!

Su presencia, su voz y las cosas que decía me hacían sentirme hermosa, deseada e incluso atrevida, lo suficiente para intentar domar a la bestia que se asomaba bajo la piel de Vadim.

Sin detenerme a pensarlo mucho y, en un movimiento más brusco de lo que pretendía tomé su cara entre mis manos para acercarlo hasta mí.

—Tócame —susurré y hasta allí llegó mi pretendido poder.

Su boca se posó sobre la mía con fuerza y su lengua me penetró besándome con una pasión animal, como si fuese a devorarme, y yo respondí con la misma intensidad. Sin separarse de mi boca, me agarró de la cintura hasta colocarme encima del mostrador y como por acto reflejo mis piernas se abrieron haciéndole espacio.

Una enorme erección que se sentía incluso a través de la tela de sus pantalones comenzó a frotarse contra mí y un grito de placer escapó de mi boca.

Creí que iba a perder el sentido. Era demasiado calor, demasiadas sensaciones, demasiado deseo, además había perdido la capacidad de preguntarme nada, de pensar nada, solo había necesidad.

Una de sus manos trepó por la parte interior de mis muslos hasta llegar el borde de encaje de mis medias, donde acarició la piel desnuda.

—Más —fue todo lo que pude articular, arqueando la espalda para darle a entender lo que quería.

Sus dedos se movieron más arriba, implacables y seguros con una misión, y apartaron mi ropa interior, masajeando mi centro con la palma abierta.

—Tan lista para mí —dijo con una voz que más parecía un gruñido.

Mis manos se aferraron al borde del mostrador y abrí incluso más las piernas, haciendo que el borde del vestido escalara hasta mi cadera. La fricción de su mano no paraba, manteniendo un ritmo que me estaba volviendo loca.

Dos dedos se deslizaron dentro de mí al tiempo que el pulgar me frotaba circularmente el clítoris. Comencé a emitir quejidos incongruentes sintiendo esa sensación que comienza a acumularse en tu vientre cuando estás cerca del final.

—Abre los ojos, Marianne —me ordenó en ese tono típico de los que están acostumbrados a ser obedecidos—, y mírame.

Ni siquiera me había dado cuenta que tenía los ojos cerrados, pero no podía hacer otra cosa que obedecer.

—Quiero que sepas quién te está tocando —su

mirada era tan intensa que derritió lo que aún quedaba sólido dentro de mí—. No es él, no es ningún otro.

Su voz sonaba tan estabilizada, tan amenazadora, pero yo estaba más allá del miedo o de la intimidación, lo único que podía atemorizarme ahora era que parara.

Sin apartar mi mirada de la suya, tomé su brazo y empujé aún más sus dedos dentro de mí, moviendo mis caderas y encontrándome con él en cada arremetida.

—Vadim —dije mirándolo, para que supiera que estaba absolutamente consciente de dónde venía lo que estaba recibiendo.

—Bien, y que no se te olvide —dijo intensificando el ritmo hasta que mis piernas se tensaron y fui tragada por la negritud de mi propio orgasmo.

Capítulo 7

—Respira, Marianne —la voz de Vadim me trajo de vuelta, recordándome que mis pulmones necesitaban aire. Su frente estaba apoyada en la mía y, sus dedos, aún en mi interior.

Conjuntamente con el aire, volvió a mí la capacidad de pensar: un hombre al que no conocía acababa de masturbarme en el mostrador de su cocina y me había dado un orgasmo más intenso que ningún otro que pudiera recordar en ese momento.

No podía levantar la cara después de que él me hubiera visto como un animal enajenado, completamente fuera de control, pero la vista hacia abajo tampoco me tranquilizaba: el vestido sobre mis caderas, mis manos aún aferradas a su brazo cuya mano desaparecía en mi interior.

—Marianne —dijo al apartarse de mí, con sus dedos deslizándose fuera, y no me quedó otra que enfrentarme con su mirada. Como para aumentar mi intranquilidad, se metió en la boca uno de los dedos aún impregnados con mi humedad y la saboreó—. Eres la cosa más sexy que he visto en toda mi vida. Solo de verte ahí sentada estoy a punto de acabar en mis pantalones. Te quiero desnuda en mi cama. Ahora.

¿Qué se responde a eso? Vadim obviamente tenía la facultad de volverme líquida solo con sus palabras.

Otra vez, todo debajo de mi obligo volvió a tensarse de expectación ante la segunda ronda.

—Por favor, di que sí —me dijo tomando mi cara entre sus manos, hipnotizándome con su mirada y acercándome de nuevo el dulzón olor del sexo que aún permanecía en sus dedos.

—Sí —respondí, tratando de que no sonara nada parecido al «por favor, por favor, por favor» que retumbaba incesantemente en mi cerebro.

—Gracias —me dijo antes de besarme, esa vez con menos pasión y más adoración, como si yo fuese algo digno de venerar con su boca.

La habitación de Vadim combinaba con el resto del apartamento: funcional y sin muchos adornos. Paredes blancas, persianas negras que impedían que la luz de fuera se filtrara y una cama, cubierta con un edredón negro, en la que fácilmente cabían cuatro como él.

No pude procesar más detalles pues en lo que entré, siguiendo a Vadim que me llevaba de la mano como si temiera que fuese a escaparme, su boca comenzó a cubrirme por todas partes y sus manos navegaron de una parte a otra de mi cuerpo, algunas veces suaves otras más apremiantes.

Sin dificultad encontró el cierre de mi vestido y en tres segundos estaba parada frente a él en nada más que mi ropa interior, mis medias negras y mis tacones.

—Ummm —dijo recorriéndome con la mirada y deseé que apagara la luz—. Las medias y los zapatos podemos conservarlos, lo otro tiene que irse. Quítatelo para mí.

Vadim se retiró un par de pasos hasta dar con el borde de la cama y se sentó, retándome con la mirada.

Yo podía hacerlo, solo debía imaginarme que era una desnudista. Enterré todas esas voces de mis antiguos jefes así como las imágenes de las modelos retocadas con Photoshop que danzaban en mi mente y me convertí en otra persona.

Me humedecí los labios y con mi mejor sonrisa juguetona alcancé el broche del sujetador negro de encaje y lo solté. Deslicé uno de los tirantes por mi brazo, manteniendo la otra mano sobre la copa para no dejarlo caer, e hice lo mismo con el otro lado.

Agarré mis senos, ahora cubiertos solo con una pequeña capa de tela, y los aprisioné inclinando un poco el cuerpo hacia adelante. Luego me incorporé y le lancé la prenda a Vadim, quien la atajó con una sola mano.

—Quiero cada uno de tus pezones en mi boca —me

dijo sin moverse de la cama y mirando no a la parte de mi cuerpo a la que se estaba refiriendo, sino a mis ojos, para asegurarse de que había entendido el mensaje—, acariciarlos con la lengua, chuparlos y morderlos.

—¿Ahora? —La voz me salió cuarteada, ligeramente aguda.

—Primero deshazte de lo demás.

Una parte de mi cuerpo no quería esperar, pero otra se estaba divirtiendo con el proceso, así que enlacé mis dedos en el elástico de las bragas y las moví ligeramente hacia abajo. Y levanté la mirada para ver a Vadim, poniendo mi mejor cara de niña inocente.

—Me estás matando.

Ahora su voz sí sonaba gutural y podía ver su pecho subir y bajar con expectación.

Lentamente bajé el elástico hasta debajo de mis caderas y dejé que la gravedad hiciese su trabajo. La prenda resbaló por mis rodillas y mis tobillos hasta chocar con el suelo. Di un paso adelante para dejarlas atrás y, tras una breve pausa, me dirigí hacia él.

Descubrí que había algo poderoso en caminar hacia un hombre únicamente vestida con medias y tacones.

—Ahí también quiero besarte —dijo, ahora sí, sin desviar la mirada de la unión de mis muslos.

Aceptando la oferta, me paré frente a él con las piernas ligeramente abiertas y aún no me había detenido del todo cuando sus manos ya estaban en mis caderas y su boca más abajo de mi ombligo, besándome lentamente.

—Una pierna sobre la cama —me ordenó, su aliento haciéndome cosquillas en la piel, y más que dispuesta obedecí.

Fue entonces cuando su boca me besó allí donde me había prometido y toda mi fachada de mujer sexy y poderosa se vino al piso conjuntamente con la fuerza de la única pierna que me sostenía y que amenazaba con ceder en cualquier segundo.

—¡Para!

Vadim sacó la cabeza de entre mis piernas y me miró expectante.

—Si sigues me voy a caer al suelo —dije con tono de disculpa bajando la pierna para estabilizarme.

—¿Y no queremos eso? —me dijo sonriendo.

—No, no queremos —respondí negando con la cabeza.

En un solo movimiento Vadim se incorporó levantándome con él y besándome nuevamente. Solo me di cuenta de que me estaba colocando sobre la cama cuando la tela suave el edredón acarició mi espalda desnuda.

Vadim se incorporó nuevamente y supe que había llegado el momento cuando, sin la parsimonia que yo había exhibido, se deshizo de su camisa.

¡Oh, por Dios! No era un agente secreto, tampoco un asesino de la mafia o un testigo protegido, era un modelo de clases de Anatomía.

Cada músculo estaba definido, bíceps, pectorales,

dorsales y abdominales, así como muchos otros que no tenía ni idea de cómo se llamaban.

Aun sin estar abultados como los de un culturista, podías señalar dónde comenzaban y dónde terminaban.

La admiración fue sustituida por expectación cuando se despojó de los pantalones y los boxers en un solo movimiento. ¿Es que todo en Vadim tenía que ser tan grande?

—No me va a caber.

¿QUÉ? No podía creer que hubiera dicho eso en voz alta.

—Marianne, dices unas cosas tan endemoniadamente sexys... —dijo con una risa ahogada mientras se arrodillaba entre mis piernas y me recorría con la mirada. Incluso podía sentir un cosquilleo donde su vista se detenía, como si me estuviera tocando—. Creo que podemos prescindir de los zapatos.

Levantó una de mis piernas, todavía enfundadas en las medidas, y pasó su nariz por la parte interna, desde los muslos hasta los tobillos. Desató el Louboutin, lo deslizó fuera de mi pie y lo echó al suelo para luego repetir exactamente lo mismo con la otra pierna.

Cuando estaba segura que iba a morir de combustión espontánea, Vadim se dejó caer suavemente sobre mí, arropándome con su cuerpo enorme y perfecto, y comenzó a besarme lentamente. Sentí el calor abrazante de su piel, su dureza, su enorme erección rozando mi entrada.

Cuatro días en Londres

—Te prometo que voy a ir todo lo despacio que pueda —susurró en mi oído antes de succionar y mordisquear el lóbulo de mi oreja.

¿Despacio? Sentir su piel sobre la mía me había hecho olvidar por qué lo quería despacio. Todo lo que podía pensar era «Ya, ahora, antes de que me convierta en un montón de cenizas tras ser consumida por el fuego que me quema por dentro».

Mi cuerpo se movió en círculos contra su piel. La capacidad de pensar y de articular frases coherentes había desaparecido, solo podía mostrar lo que quería y esperar que captara el mensaje. No obstante, Vadim se hizo a un lado sin hacer el menor caso a mi gruñido de protesta, abrió una gaveta de la mesa de noche y sacón un condón.

¡Menos mal que alguno de los dos estaba pensando!

Sin quitar la vista de mí, abrió el paquete y en tiempo récord estaba nuevamente arrodillado frente a mí.

Tomó uno de mis muslos enrollando su brazo en él para abrirme aún más y su otra mano acarició mi clítoris mientras se deslizaba poco a poco en mi interior.

—Tan húmeda, tan caliente, tan apretada —musitó con los ojos cerrados y mordiéndose el labio.

Solo el hecho de sentir cómo se abría camino dentro de mí, estirando cada uno de mis músculos, era la sensación más placentera del universo, o al menos eso creí hasta que estuvo profundamente enterrado en mi interior y giró sus caderas en círculo como queriendo ir más allá. Comenzó a susurrar en mi oído palabras en ruso que, aunque no entendía, fueron el colofón que desató otro orgasmo.

Los movimientos involuntarios de mi cuerpo, mis quejidos y las contracciones que parecían querer exprimir todo lo que aún no había conseguido de él, convirtieron a Vadim en el animal que yo había intuido que podía llegar a ser, sumergiéndolo en un ritmo frenético. Con cada contracción se retiraba disfrutando la presión que parecía querer retenerlo dentro para luego volver a abalanzarse al interior con fiereza y repetir ese movimiento circular que me enloquecía.

—¿Te gusta así, Marianne? —dijo en un tono extrañamente gutural mientras se enterraba en mí una vez más, cada vez con menos delicadeza que la anterior—. ¿Te gusta fuerte? A mí también.

Yo no podía contestar. ¿Quién habla en una situación así? Abrí la boca, pero solo podía emitir gemidos.

Las palabras de Vadim se convirtieron en gruñidos con cada salvaje penetración. Estaba cerca. Se incorporó llevándome consigo hasta que estuvimos sentados frente a frente. Sus manos sobre mis caderas me aferraban moviéndome hacia arriba y hacia abajo contra su erección con el mismo ritmo enardecido de antes.

Para estabilizarme enlacé mis dedos en sus cabellos, tan cortos que apenas me daban asidero, y tiré de su cabeza hasta que mis labios encontraron los suyos. Lo besé como si fuese el aire que necesitaba para existir, mordiendo su labio inferior hasta que todo en él se tensó y lo sentí terminar dentro de mí.

Aun a través del condón podía sentir lo caliente y potente de su orgasmo y eso desató otro mío. Ahora era el turno de mis caderas de moverse circularmente en torno a él queriendo tomar todo lo que fuese posible, hasta el último segundo.

—Sí, así, no pares, Marianne, no pares —me dijo, sus manos ejerciendo nuevamente presión sobre mis caderas, haciéndolas rotar sobre él y alentándome a continuar—. Tómalo todo.

Finalmente nuestros cuerpos se relajaron y se deslizó fuera de mí, acostándome en la cama.

—Endiabladamente hermosa —dijo mirándome de arriba abajo.

Tomó parte del cobertor, me cubrió y salió de la cama. Una luz se encendió en una habitación adyacente, que supuse que era un baño cuando escuché el agua correr, y Vadim regresó vestido únicamente con un pantalón de pijama colgando en sus caderas.

—Voy por agua. ¿Quieres? —preguntó sonriendo, parándose brevemente en el borde de la cama.

Asentí igualando su sonrisa. Me sentía saciada como nunca antes, relajada y, tal como él había dicho, endiabladamente hermosa.

—No se te ocurra dormirte —me dijo con un guiño—. Ya vuelvo.

Me estiré bajo el cobertor, desplegando los brazos

y juntando los muslos. La fuerza con la que habíamos tenido sexo hacía escocer algunas partes de mi cuerpo, pero era un ardor placentero, me recordaba todos los sitios donde él había estado, enorme y exigente.

Había pasado apenas un minuto y ya lo extrañaba. No concretamente a él, sino a la presencia de su cuerpo que tan bien parecía acoplarse con el mío. ¿Adónde había ido a buscar el agua?

Para hacer tiempo, salí de la cama y fui hasta el baño que, sorpresa, era también blanco y negro con topes de mármol y una bañera enorme.

Me contemplé en el espejo. Aún tenía las mejillas encendidas y la mirada brillante y algunas zonas de mi cuerpo estaban enrojecidas. El moño en el que Alex había trabajado tan arduamente estaba hecho un desastre.

Retiré las once horquillas que aún quedaban en mi cabello, sabría Dios dónde estarían las otras, usé los dedos para medio domar el desastre, me recogí el cabello en una trenza y regresé a la habitación.

Aún no había señales de Vadim ni del agua.

Me senté en la cama, me quité las medias negras y recogí la camisa blanca de Vadim del piso. Era un gesto que había visto muchas veces en las películas y, aunque era un condenado cliché, decidí ponérmela y salir a buscarlo.

Aunque todas las luces estaban encendidas, no había rastro de él en la cocina, ni en el recibidor, ni tampoco en la terraza, pero escuchaba su voz hablando, otra vez en ruso, en alguna parte. Seguí el sonido hasta que lo vi a través de una puerta entreabierta al otro extremo del apartamento.

Parecía una oficina y Vadim estaba de espaldas a la puerta, sentado frente a un escritorio en una silla ejecutiva. Estudiaba algo en la pantalla de un computador mientras ladraba lo que parecían órdenes a través de su teléfono.

Tal vez estaba recibiendo un mensaje que se autodestruiría en cinco segundos o estaba mandando asesinar a alguien. La verdad era que yo no sabía nada de él.

Como si sintiera mi presencia giró su silla hacia la puerta y, tras un breve momento de duda, como si no comprendiera completamente qué hacía yo allí, su mirada se dulcificó, dijo un par de palabras más al teléfono y cortó la comunicación.

—Lo siento —dije cambiando el peso de mis pies en el umbral. Me sentía como una intrusa, ni más ni menos que la esposa de Barba Azul—. Solo quería saber si no te habían secuestrado unos extraterrestres o algo así, pero ya que veo que estás en una sola pieza voy a buscar mi agua.

—Ven acá —dijo sonriendo al tiempo que señalaba una botella de agua que estaba sobre el escritorio—. Ya iba de regreso, pero tenía que atender esta llamada.

Arrastrando los pies sobre el piso de madera, lentamente como quien no quiere asustar a un animal salvaje, entré en la oficina. Caminé hasta que estuve frente a él y tomé la botella de agua, destapándola y dándole un largo trago.

—Creo que ahora voy a regresar... —No pude terminar la frase.

¿Adónde iba a regresar? ¿A mi hotel? ¿A la cama? ¿A la realidad? No tenía ni idea de cuál era el protocolo en aquellos casos.

—Ven —dijo haciendo un movimiento con sus manos, indicándome que me sentara en su regazo.

—¿Cuánto peso aguanta esta silla? —pregunté arqueando una ceja.

—El suficiente. Ven.

Esa vez abrió los brazos en el clásico gesto universal de bienvenida y me senté, primero algo rígida, hasta que me envolvió con sus manos, acariciándome suavemente la espalda, y me acurrucó contra su pecho, besándome en la frente.

—¿Te duele algo? Creo que me excedí un poco, pero es que eres tan...

—Estoy bien —lo interrumpí, agradecida de que no pudiese ver el rubor que ya sentía extenderse por toda mi cara—. Más que adolorida, digamos que soy perfectamente consciente de dónde está cada parte de mi cuerpo.

—Yo también —dijo con un suspiro besándome nuevamente en la frente—. Soy consciente de dónde está cada parte de tu cuerpo y quiero volver a estar allí, solo dame cinco minutos para que termine de resolver este asunto.

Sin esperar mi respuesta pulsó un botón del teléfono y el Vadim dulce se esfumó. Una de sus manos continuaba acariciando mi espalda, recorriendo mi columna con gran delicadeza, pero el tono con el que hablaba por teléfono era duro.

Con la cabeza contra su pecho pude escuchar su respiración, que a pesar de la diatriba que salía de su boca, era regular, sin sobresaltos, al igual que los latidos de su corazón. Arrullada por el rítmico sonido me permití cerrar los ojos. Había sido un largo día.

«Solo unos minutos», me dije acompasando mi respiración a la suya.

Capítulo 8

Despertar en una cama que no es la tuya es desorientador. En un principio no sabía dónde estaba ni qué día era y mi mente trataba, infructuosamente, de adecuar los contornos que la claridad de la mañana revelaba a mi alrededor con los de mi propia habitación o algún otro lugar familiar.

Cerré los ojos y volví a abrirlos, tratando de enfocar. Mi brazo sobresalía, enfundado en una camisa blanca, sobre un cobertor negro que me arropaba. Adicionalmente había una mano masculina abrazando mi cintura y un cuerpo pegado a mi espalda.

Vadim. El nombre parecía estar escrito en mi mente como un anuncio de neón.

Todo regresó de golpe: dónde estaba, lo que había pasado la noche anterior y, lo más importante, ya era la mañana siguiente.

Me incorporé de golpe y salté de la cama sintiendo un tirón en todos mis músculos, como si hubiese tenido una sesión particularmente ardua en el gimnasio el día anterior, y la había tenido... ¿o no? Aunque fuese en un gimnasio privado con un instructor que sacaba lo mejor de mí.

—Buenos días.

Me volví y allí estaba. Su pecho desnudo sobresaliendo encima del cobertor como una invitación para descubrir lo que estaba debajo.

—¡Es de día! —le dije por toda explicación, lanzando una mirada airada a la persiana como si ella tuviese la culpa.

—Sí —dijo él apoyando las manos detrás de su cabeza—. Vuelve aquí. Anoche te quedaste dormida, así que todavía me debes algo.

—¿Qué hora es?

—Como las nueve o algo así.

—¡Rayos! —dije metiéndome en el baño y cerrando la puerta de un portazo.

Salí al cabo de unos minutos con la cara lavada y el cabello lo más arreglado que pude. Vadim seguía estirado sobre la cama mirándome con curiosidad. Era tan tentador verlo ahí, sabiendo lo que me esperaba si volvía, que me puse a dar vueltas recogiendo mis medias, mis zapatos y mi vestido.

No pude reprimir la mueca.

—¿Qué pasa? —preguntó él desde la cama.

—Necesito ropa. No hay fuerza terrestre que me obligue a meterme de nuevo en ese vestido, en especial teniendo en cuenta lo particularmente sensible que está mi piel esta mañana.

—No necesitas ropa —me dijo acariciando el lugar vacío en la cama a su lado con una expresión que no podía ser sino de satisfacción—. Necesitas volver aquí. Ahora. Verte dando saltitos vestida con mi camisa por toda la habitación me ha puesto repentinamente ansioso.

—Me tengo que ir —dije sin querer mirarlo mucho, pasando alternativamente la vista del vestido que tenía en la mano a una puerta frente a mí que parecía un closet—. Seguro que haces ejercicio, no se tiene un cuerpo así si no se va al gimnasio, préstame algo, una sudadera, unos pantalones de correr... algo.

—¿Te gusta? —dijo señalando su torso desnudo con una sonrisa presumida—. Piscina, todos los días desde que tenía siete años, estilo mariposa.

Eso explicaba la espalda, los brazos, las piernas. ¿Era un nadador aficionado? Seguramente. No era tan joven como para competir, tampoco es que fuera viejo. ¿Qué edad tendría? «Concéntrate, Marianne», mi cerebro en pánico me gritó.

—Si no me voy AHORA, voy a perder mi vuelo.

—¿Te vas hoy? —la incredulidad en su voz hizo que mi estómago se retorciera—. ¿No puedes quedarte un tiempo más?

Tenía que moverme. Si me lo volvía a pedir iba a saltar de nuevo a esa cama y Alex iba a matarme. Si llegaba a tiempo seguramente me perdonaría el haber destruido sus medias más finas y haber perdido parte de sus horquillas. Así que, sin esperar permiso, abrí la puerta del closet y caminé dentro.

Cuatro días en Londres

—¡Necesito un mapa! —le grité frustrada asomando la cabeza por la puerta—. Esto no es un closet, es una condenaba habitación.

—Tercera gaveta a tu derecha —me dijo una voz ¿molesta? ¿Resignada?

Allí encontré unos pantalones de ejercicio que me enrollé varias veces en la cintura y una camiseta blanca de mangas largas a la que le hice un par de nudos a los lados para que no me llegara a los muslos. Me enfundé nuevamente los Louboutin y me convencí a mí misma que un atuendo de este tipo sería normal en las calles de Nueva York.

Salí de nuevo y Vadim seguía en la cama, pero su expresión había mutado. Volvía a ser el tipo que entró hecho una furia al apartamento de Sergei la mañana que lo conocí o aquel que gritaba en ruso al teléfono la noche anterior.

—Te llevo al aeropuerto. —Hizo un ademán de salir de la cama.

—¡NO! —le grité haciendo la señal de «Alto» con mi mano. Si se me acercaba mucho probablemente perdería el enfoque y lo que me quedaba de dignidad, sin mencionar el vuelo—. Cosas como las de anoche yo no las hago. Sé que crees que sí después de lo que pasó con Sergei, y bueno lo que pasó contigo de la cocina para acá, pero yo no soy así. Si te permito salir de aquí conmigo y dejarme en cualquier lado se volverá real, ¿entiendes? Silencios incómodos, despedidas aún más incómodas.

—¿Puedo al menos hacerte café?

—¡NO! —volví a gritar—. Y voy a salir de aquí sin decir adiós —dije señalando la puerta—, y te voy a dejar acostado en esa cama, medio desnudo— ahora mis manos lo señalaron a él—. Eso es sexy. ¡Soy una mujer despiadada! Moderna, que cena hombres y los escupe por las mañana. Esa soy yo.

—¿Eres una antropófaga bulímica? —dijo Vadim tratando de contener la risa.

Cerré los ojos intentando encontrar el enfoque. Estaba balbuceando, tenía que cerrar la boca y salir de allí. Con fortuna, de regreso a casa, conseguiría quien me hipnotizara y me hiciese olvidar todo aquello. De lo contrario, lo que estaba diciendo ahora me iba a avergonzar el resto de mi vida.

—No, solo estoy sufriendo un ataque de pánico. —Abrí los y me encogí de hombros haciendo un mohín.

—Eres la neurótica más encantadora que he conocido —dijo él ahogando una carcajada, pero no se movió. Por el contrario, acomodó el cobertor a su alrededor y se arrellanó aún más, dejando claro que no pensaba moverse—. ¿Al menos me puedes dar tu número de teléfono?

—Oh, no —dije negando con la cabeza.

—Estás muy negativa esta mañana. Puedo averiguarlo, pero preferiría tener tu consentimiento para llamarte.

No había manera honrosa de explicarle por qué no quería darle mi número. De todas formas, ya había dicho demasiadas estupideces esta mañana y dudaba que una más hiciese mucha diferencia en lo terriblemente mala que era en esto.

—Si te doy mi número, voy a esperar que me llames o me escribas —comencé tratando de no sonar mucho a ¿cómo era que me había llamado? Sí, una neurótica—, y voy a estar revisando mi teléfono cada hora y cuando NO llames voy a inventar miles de excusas para ti: tu teléfono rodó por una escalera y se rompió en mil pedazos haciéndote perder todos tus contactos; o se te cayó dentro de esa bañera enorme que tienes o tal vez un meteorito aterrizó justo encima del aparato aplastándolo hasta reducirlo a polvo. Todo eso con tal de no enfrentar que no fui lo suficientemente memorable para merecer una llamada. Créeme, es mejor dejarlo así. Considéralo un servicio público a favor de mi autoestima.

—Marianne, ven aquí. —Estaba serio otra vez, todo rasgo de humor se había desvanecido de su rostro.

No quería ir allí. Bueno, sí quería pero no debía. ¡Qué rayos! Ya había hecho muchas cosas que no me imaginaba que sería capaz de hacer y estaba por hacer otras, como salir a las calles de Londres vestida con ropa de ejercicio demasiado grande y unos tacones de diecisiete centímetros.

Tratando de parecer reticente y hasta fastidiada caminé hasta el borde de la cama y me dejé caer al lado de él.

—No quiero dejarlo así —dijo viéndome a los ojos con esa mirada tan intensa que era capaz de inmovilizarme—, y tú eres una de las mujeres más memorables que he conocido. Si digo que voy a llamar, voy a llamar. Para tu tranquilidad espiritual, aunque dudo que ningún meteorito vaya a caer por aquí cerca, te prometo que voy a hacer una docena de respaldos de tu número. ¿Está bien?

Sin esperar mi respuesta me extendió un Blackberry y dócilmente escribí mi número en él identificándolo solo como Marianne.

—¿Quieres el mío? —me preguntó cuando recuperó su teléfono.

—Nooooo —contesté casi con horror—. Cuando bebemos, las mujeres tendemos a hacer las llamadas más extrañas a los sujetos de los que no volvieron a saber y eso, por lo general, ocurre a horas muy inadecuadas.

No podía creer que siguiera hablando. Si existía un virus que hiciese quedarse mudas a las personas por breves periodos de tiempo tenía que contagiarme, y pronto.

Para evitar que mi incesante cháchara nerviosa siguiera poniéndome en evidencia, me incliné y le di un beso casual en la mejilla.

—Fue un... placer se queda corto, pero no quiero inflar tu ego.

Sin esperar que me respondiera salí de la habitación a paso apresurado, recogiendo mi chal y mi bolso cuando pasé por el recibidor. No debía voltear ni detenerme y no lo hice, ni siquiera para esperar el ascensor. A riesgo de torcerme un tobillo, bajé lo más rápido que puede las escaleras y llegué al vestíbulo. El portero tenía la puerta abierta. Tal vez había escuchado mis pasos apresurados.

—Su taxi la espera, señorita —me dijo cuando pasé a su lado y salió conmigo a la calle, donde uno de esos típicos taxis negros londinenses estaba estacionando, justo frente a la entrada—. El señor lo pidió para usted.

Volteé hacia arriba y allí estaba Vadim, apoyado en la baranda de su terraza.

—Olvidaste algo —gritó agitando una tela negra.

Mis bragas. ¡Había olvidado ponerme las bragas!

—¡No se te ocurra lanzarlas! —grité de vuelta imaginando con horror la tela negra volando en dirección a la acera y yo dando saltitos tratando de alcanzarla antes que nadie se diera cuenta de lo que eran.

—Te las devolveré la próxima vez que te vea.

Me subí al taxi mientras sus palabras seguían retumbando en mi mente. «La próxima vez», y no pude dejar de sonreír.

Capítulo 9

Regresar a mi apartamento vacío fue lo único que pudo borrarme la sonrisa del rostro. Ni la expresión casi histérica de Alex en lo que regresé al hotel como un huracán recogiendo mis cosas, ni lo fastidioso de los aeropuertos, ni tampoco la turbulencia del vuelo pudo suprimir la expresión de satisfacción. Pero enfrentarme a los restos de mi vida era una cosa completamente diferente.

Alguien había quitado el botón de pausa, los comerciales habían acabado, y ahora debía conducir otro segmento de mi vida sin guion ni material de apoyo preparado.

Llevé la maleta hasta el cuarto, la abrí sobre la cama y comencé a desempacar. Lavar la ropa sucia de tres semanas de viaje sería una buena distracción. Nadie dijo que tenía que tomar una decisión sobre el resto de mi vida en lo que cruzara la puerta. Mañana sería un buen día para hacer planes.

Entre carga y carga aproveché para llamar a mis padres. Les conté cosas de mi viaje, les hablé de los sitios que había visto y ellos tuvieron la delicadeza de no preguntar cuáles eran mis planes. No hacía falta, era un asunto que pendía sobre mi cabeza como una espada de Damocles porque, ¿qué es la gente sin un propósito? Si no haces nada, ¿al final dejas de ser alguien? ¿En qué te conviertes? Todo eso sin hablar de la parte económica.

Tenía suficiente dinero guardado para vivir unos cuantos meses, pero alguna vez se acabaría.

Una vez que todo estuvo doblado y guardado y los regalos organizados, me puse a dar vueltas como un león enjaulado.

Mi teléfono reposaba, sin carga, sobre la mesa de la cocina y, adondequiera que iba, el aparato parecía verme, como esas pinturas aterradoras cuyos ojos te siguen cuando te mueves por la habitación.

Dándome por vencida lo conecté y me alejé de él lo más pronto posible, manteniéndolo apagado mientras se cargaba. Estaba probando mi fuerza de voluntad y sabía que más temprano que tarde iba a perder la batalla, como si el teléfono fuese una torta de chocolate y yo llevara un mes a dieta.

De todas formas, me torturé un poco más. Busqué unas cosas en Internet, traté de concentrarme en una película y hasta me preparé una taza de té antes de convencerme que no podía seguir con el teléfono apagado.

Si él no llamaba, no sería ni más ni menos que lo

esperado; y si lo hacía sería una agradable sorpresa que no tenía que significar nada más.

Encendí el teléfono y enseguida salté a la ducha para darme un largo baño, cerrando la puerta tras de mí, dejando el móvil y sus potenciales ruidos fuera.

Ya bañada y vestida me acerqué al aparato con paso vacilante como si fuera una cosa viva que pudiera morderme. Cuando vi la luz roja parpadeando mi estómago hizo un doble salto mortal. Había varios mensajes de texto y unas cuantas llamadas perdidas de un número desconocido con una hora de diferencia entre uno y otro.

¿Llegaste bien?

Soy yo llamando y tu teléfono está apagado.

¡Tenías razón! La espera de una llamada que nunca llega es una tortura.

No hay reportes de meteoritos en NY. ¿Tu teléfono se cayó en la bañera?

Estoy mirando el teléfono cada diez minutos.

Marianne, si no me contestas voy a alertar a Interpol para que vaya a buscarte.

La sonrisa que me había abandonado desde que pisé mi casa y el vacío de mi futuro se hizo evidente, volvió a aparecer aún más grande que su predecesora. Tenía ganas de reír a mandíbula batiente y dar saltitos por mi sala cantando «me llamó, me llamó». Obviamente, no lo hice. Eso sería demasiado patético, incluso para mí.

Lo que sí hice fue contestar.

Ningún accidente telefónico, solo estaba descargado. Todo en perfecto orden : -)

Era un mensaje plano, contenido, a excepción de la carita feliz que, a mi juicio, le daba cierto aire juguetón. Componer ese mensaje de texto había sido más difícil que escribir el titular de apertura del noticiero estelar.

No habían pasado diez segundos cuando el teléfono volvió a sonar.

Dame tu dirección y te envío una batería adicional. No quiero pasar por esto otra vez. ¿Puedo llamarte?

No había terminado de leer el mensaje y mis piernas se volvieron gelatina. Menos mal que estaba sentada o habría aterrizado sobre mi trasero.

¿Quería que me llamara? Obviamente, sí. Solo pensar en escuchar su voz lograba que mi corazón se acelerara de una forma que no podía ser buena para mi salud. Sin embargo, no estaba lista para hablar con él. ¿Qué le diría? ¿Qué tal si me preguntaba algo sobre mi patética vida? ¿Qué respondería a algo tan trivial como qué haces para vivir o en qué trabajas? Quería saber cosas de él, pero no estaba dispuesta a compartir cosas mías, así que no me parecía un trato justo.

Voy saliendo. En otro momento.

Apreté el botón de enviar e inmediatamente supe que había metido la pata. El mensaje era una señal inequívoca de «no me molestes más» y yo quería que me molestara, que me llamara, que le importara. Sin embargo, técnicamente le había cerrado la puerta en la cara.

Vadim no escribió de vuelta y yo no pude dormir.

Mi mente no cesaba de darme respuestas que hubiesen sido más adecuadas, ni siquiera comprendía por qué no le había permitido que me llamara. Estuve tentada a volver a llamarlo, pero desistí en cuatro oportunidades justo antes de apretar el botón. Tal vez esa medicina fuera peor que la propia enfermedad.

Los tres días siguientes pasaron sin tener noticias de Vadim y yo seguía paralizada en medio de la inacción en lo concerniente a la búsqueda de un nuevo trabajo. Nunca había buscado un empleo en toda mi vida. No tenía ni la menor idea de cómo se hacía.

Cuando salí de la universidad, Alex me arrastró hasta un canal de televisión donde buscaban internos. Escribí un par de noticias como prueba y allí me quedé durante siete años. ¿Qué se suponía que debía hacer ahora, tocar la puerta de todos los periódicos, canales de televisión o estaciones de radio que conocía y preguntar si buscaban personal?

Además, no sabía qué quería hacer a continuación y ¿cómo buscas algo que no sabes lo que es?

Había otra cosa que no podía posponer. Tenía que ir a casa de mis padres a llevarles los regalos que les traje del viaje y algo me decía que el tema de «mi futuro» no iba a seguir siendo políticamente evitado.

La casa donde creciste, si fuiste feliz en ella como fue mi caso, siempre tiene la cualidad de hacerte sentir cómoda. Visitar a tus padres es como estar en un lugar que de alguna forma te pertenece aunque ya no vivas allí. Estás al tanto de cuál escalón cruje, casi por instinto sabes dónde está el café y no sientes la necesidad de pedir permiso para encender la televisión o sentarte en la computadora.

Sin embargo, esa vez había algo adicional. Mi mamá recibió los regalos, escuchó ampliadas las historias que le había adelantado por el teléfono, le conté que había conocido a Sergei, aunque sin revelar las circunstancias específicas, y no le mencioné ni una palabra de Vadim.

—¿Y ya pensaste qué vas a hacer ahora? —La pregunta de todas las preguntas estaba ahora sobre la mesa, justo al lado de la cafetera, las tazas y la azucarera.

—Creo que voy a tomarme un tiempo para descansar.

—¿No acabas de regresar de vacaciones?

Mi mamá tenía esa extraña cualidad de hacer siempre la pregunta que más temías.

—Las vacaciones te dejan más cansada que cuando te fuiste. Doce ciudades en tres semanas. Siento más bien que estuve de gira con un grupo de rock.

—Te entiendo. —El silencio y el suspiro de mi madre me anunciaron que lo peor se avecinaba—. Nunca fuiste una jovencita típica, de esas que andan desorientadas, sin saber qué quieren hacer con su vida y saltan de una opción a otra. Tú siempre supiste lo que querías y trabajaste duro por ello desde que eras una adolescente.

—Creo entonces que me he ganado el derecho de ser irresponsable por un tiempo.

Aunque parecía que mi madre me estaba dando una salida fácil, yo no me engañaba. Aún quedaba algo más y obviamente ella había meditado sus argumentos por un buen tiempo.

—Sí —dijo mirándome con cariño, como alguien miraría a su mascota querida antes de ponerla a dormir porque está agonizando y quiere evitarle así unas cuantas horas más de dolor—. La cuestión es que hay una razón por la que esa irresponsabilidad es territorio de los adolescentes: ellos tienen tiempo para perder mientras deciden, tú no.

—¿Me estás llamando vieja?—dije lo más indignada que pude, tratando de ocultar que sabía que ella tenía razón.

—El periodismo es una profesión para gente joven, al menos mientras se hacen un nombre. La rama de trabajo que escogiste durante los últimos años te hizo anónima. La gente sabe quiénes son los reporteros, los presentadores y los entrevistadores, pero no tiene la menor idea de que todo lo que dicen ha sido de una manera u otra preparada por alguien más, por ti. Si alguno de los que salen en televisión deja su trabajo, tendrán su fama y, si eran lo suficientemente buenos, alguna que otra oferta de trabajo en el correo. Tú no tienes nada salvo tus conocimiento, y esos necesitarás demostrarlos cuando empieces de cero en otro lugar.

—No me importa, no quiero hacer más diarismo

—estallé como una niña pequeña. Las palabras de mi madre no eran más que la verdad, pero escucharlas dichas en voz alta por otra persona me ponían en la posición de tener que aceptar que mi vida se había ido al infierno y todos lo sabían—. Me cansé, ¿entiendes? Las noticias, los pecios de la Bolsa, las elecciones, las leyes, los sucesos. Tener que saber qué está pasando en cada rincón del mundo en cada momento y no poder permitirte que algo se te escape es demasiada presión. Solo pensar en tener que volver a hacer eso me hace sentirme estresada, atrapada, como si me faltara el aire. Ni siquiera puedo soportar escuchar la música de la presentación del noticiario sin que me dé un ataque de pánico.

—Cariño. —Mi madre alcanzó mis manos y les dio un apretón—. Tu único problema es un exceso de responsabilidad, un deseo casi patológico de hacer las cosas bien. Si ahora tomaras un trabajo como cajera en el supermercado, en un año revolucionarías el lugar implementando nuevos métodos de acomodar las frutas y te nombrarían gerente, pero después de un tiempo eso tampoco te llenaría. Tienes que entender que un trabajo es la forma de ganarse la vida, no la vida en sí misma, de lo contrario nunca será suficiente.

¿Cómo hacían las madres para tener un conocimiento tan preciso de todo? Ella había desperdigado todas mis cartas sobre la mesa y la verdad refulgía: a mi edad no tenía carrera ni tampoco una vida. Podía jerarquizar un noticiero en cinco minutos, controlar un estudio de televisión y saber por instinto qué era noticia y cómo escribirla pero no quería hacerlo, es más, lo odiaba.

Estaba atrapada. No quería hacer lo único que sabía hacer ni tampoco quería hacer nada más.

A esas alturas no podía hacer sino llorar. Era como un grifo que se dañó estando abierto. No era un llanto silencioso y resignado, sino con sollozos, rayando en la desesperación.

—Tómate un tiempo —dijo mi madre acariciándome la cabeza—, pero no para descansar, sino para descubrir qué extrañas hacer, qué te hace falta cada día que comienza, y esa necesidad te señalará el camino. Al menos, ya tienes claro qué es lo que no quieres hacer.

La conversación con mi madre y el llanto incontrolable me habían dejado agotada, sin mencionar que, lejos de llenarme de energía y optimismo, le habían abierto la puerta a la depresión que había logrado mantener a raya desde que renuncié.

Llegué a mi casa y sin encender la luz me eché en la cama con ropa y todo. Dormir parecía la opción más tentadora, el único medio natural de olvidarse de las preocupaciones hasta el otro día, solo que el bendito teléfono no quería dejarme tranquila.

—¿Sí? —Mi voz tenía la ronquera típica de quien ha pasado media tarde llorando.

—¿Marianne?

La voz al otro lado me hizo sentarme de golpe. Vadim no podía estar llamando después de tantos días justo ahora, cuando yo era más un amasijo nervioso de material indefinido que una persona.

—¿Te desperté? —insistió ante mi silencio.

—No —dije tratando de aligerar la voz, aunque sin lograrlo en lo más mínimo—. Ha sido un mal día, eso es todo. Es bueno escuchar tu voz.

—¿Estás llorando? —Un ruido de frustración se escuchó del otro lado —Habla conmigo, Marianne, dime qué pasa.

—¿No has tenido uno de esos días en los que te preguntas por qué demonios sigues levantándote en las mañanas? Nada tiene color ni gusto, Vadim, solo se trata de una sucesión de horas vacías cuyo único objetivo es llegar hasta el siguiente amanecer, pero ¿para qué? En este punto no tengo la más mínima idea. —Ni sabía por qué le decía esas cosas, seguramente para él no tendrían ningún sentido y me harían parecer inestable, loca o necesitada, pero no estaba pensando en que estaba hablando con ese Vadim cuyo solo recuerdo me hacía sentir una persona totalmente diferente, a esas alturas estaba hablando conmigo misma—. Me estoy hundiendo y lo más grave es que no sé si quiero patalear hasta la superficie.

—Ven a Londres.

Tres palabras que no eran las que esperaba. Vadim no estaba intentando averiguar el porqué de mi estado lamentable, tampoco dándome una charla al estilo de un libro de autoayuda. Solo dijo tres palabras que flotaban ante mí tan tentadoras como un salvavidas lanzado a un náufrago en medio de la nada.

Quería gritarle que sí y salir corriendo al aeropuerto a esperar el próximo vuelo disponible, pero tal vez había entendido mal el fondo de ese ofrecimiento. Quizá no estaba diciendo que fuera a Londres con él, quizás solo insinuaba que la capital británica era agradable en esta época del año o hablaba por hablar.

—¿Por qué a Londres?

—Yo estoy en Londres y puedo sacarte esa tristeza que tienes a fuerza de orgasmos hasta que te sientas tan feliz que nada pueda derrumbar tu ánimo otra vez.

Sí, definitivamente había entendido mal. Me había quedado corta.

Vadim me estaba invitando a que fuera a Londres a tener sexo salvaje y apasionado, con él. Nada más y nada menos, y eso debería haberme sonado horrible. Yo no era un objeto ni un recipiente, tampoco un juguete sexual. Entonces, ¿por qué esa urgencia de atravesar a nado el Canal de la Mancha si era necesario?

—Me haces sentir como un caso de servicio público. —Traté de sonar indignada. Era lo correcto en una situación así.

—No, Marianne. El único caso de servicio público soy yo. Con tu venida estarías poniendo fin a una serie de masturbaciones constantes que solo te tienen a ti como protagonista.

Aire, aire, aire. La gente no debía decir esas cosas en voz alta, y menos a otra persona. Vadim tenía una forma de hablar sobre el sexo demasiado cruda y hasta vulgar, pero en vez de escandalizarme o repugnarme, su honestidad sin filtro me excitaba.

A este punto estaba sentada en mi cama con los muslos apretados uno contra otro y todo el cuerpo tenso.

—Ven. A. Londres

Fue todo lo que dijo antes de colgar y me quedé sentada a oscuras en mi habitación, acompañada solamente del ruido de mi respiración.

Capítulo 10

—Me voy a Londres.

Fue todo lo que le pude decir a Alex al teléfono antes de que prácticamente me ordenara quedarme sentadita en mi apartamento hasta que ella llegara. Media hora después entró como un huracán con una botella de vodka en la mano y una de jugo de naranja en la otra, a pesar de que eran solo las diez de la mañana.

—¿Se te pasaron tus quince segundos de locura momentánea? —me preguntó mientras llenaba los vasos con hielo.

—No es ninguna locura momentánea.

Locura era, pero estaba segura que no se me pasaría pronto sin importar cuánta vodka o argumentos Alex pusiera sobre la mesa. Todo lo que podría decirme ya lo había pensado y no me importaba.

—¿Vas a ir al otro lado del mundo solo para tener sexo con un ruso? Sal a la calle aquí mismo y encontrarás más de un candidato bien dispuesto, incluso puedes probar otras nacionalidades. —Su tono ya era exasperado y apenas habíamos comenzado la discusión.

—Quiero ir.

Debía mantenerlo así, simple, con pocas palabras. La discusión con mi propia cabeza había sido agotadora y no quería otra ronda con una persona de carne y hueso.

—¿Te das cuenta de que no sabes quién es ese tipo? ¡No sabes ni su apellido!

—No me quiero casar con él, y tampoco quiero tener una relación. Solo quiero ir a Londres... ¿a tener sexo? Sí, a tener sexo. No sé en qué clase de mujer me convierte eso, ni siquiera sé si hay una denominación para esa clase de mujeres y tampoco quiero saberlo.

—¡Ese es el problema! —Alex le dio un largo trago a su vodka y se sentó a mi lado—. Marianne, si me dijeses que estás enamorada o algo por el estilo, yo lo entendería. Te advertiría que lo que estás es obnubilada por una noche de sexo demasiado buena y que probablemente tu corazón va a quedar hecho añicos porque nadie se enamora de una persona después de una noche, pero te dejaría hacer y estaría aquí cuando volvieras para recoger los pedazos y ayudarte a pegarlos. Sin embargo, estás usando el sexo como excusa para no enfrentar tu vida. Ya tuvimos nuestras vacaciones y terminaron para ti de una forma inmejorable, pero es momento de volver a la realidad.

—La realidad me estará esperando cuando llegue y tal vez en ese momento no esté tan borrosa como está ahora. No sé qué quiero hacer, no sé cómo buscar un trabajo, no sé si quiero estudiar otra cosa. Necesito tener el deseo de hacer algo y ahora lo único que quiero hacer es ir a ver a Vadim.

—Este es el trato —dijo suspirando como si de verdad la decisión estuviera en sus manos—. Te voy a dar mis millas para que no tengas que gastar tu dinero en el boleto, vas a ir a Londres por cuatro días y vas a tener sexo con ese ruso, y con el ucraniano si también te apetece, en todas las malditas posiciones del Kama Sutra hasta que solo la idea de sentarte te resulte dolorosa, y vas a regresar con eso fuera de tu sistema. En esos cuatro días yo voy a concertar unas entrevistas de trabajo para ti y no me importa si te gusta o no, si te ves en uno de esos empleos de aquí a cinco años o si todos y cada uno de ellos tienen la posibilidad de matarte de una crisis de aburrimiento. Vas a ir a todas las entrevistas, escogerás uno de esos trabajos y finalmente saldrás de la inercia. ¿Está claro?

—Cristalino —dije sonriendo.

Eso era algo con lo que podía vivir. Iría a Londres y después haría cualquier cosa que pagara las cuentas, siempre y cuando no tuviese que ver con un noticiario de televisión.

El día pasó como una exhalación. Alex fue conmigo a buscar el boleto y me hizo comprar la más variada colección de ropa interior, en todos los estilos y colores que pudo encontrar. También fui sometida a la tortura de la depilación completa, manicura y pedicura y un alisado relámpago de mis rebeldes rizos.

Eran solo cuatro días y debido al propósito de mi viaje no iba a necesitar mucha ropa, por lo que llené una mochila con cuatro camisas, un jean de repuesto, mi falda favorita, un par de sweaters y la ropa de ejercicio que había «tomado prestada» del closet de Vadim.

Solo cuando ya estaba lista para dormir me di cuenta que Vadim no había contestado el mensaje en el que le notificaba mi número de vuelo y la hora de mi llegada.

Me negué a dejarme invadir por el pánico, tal vez había estado muy ocupado o simplemente aceptaba el hecho de mi llegada como algo que había estado esperando. De todas formas, ¿no era él quien me había prácticamente ordenado que fuera a Londres?

Después de hacer una larga fila en el aeropuerto llegué a la conclusión de que diciembre no es la mejor época para viajar.

Todo estaba abarrotado. No había ni una silla libre en la sala de embarque, incluso personas cuyos vuelos estaban cancelados o demorados yacían cómodamente en los pisos apertrechados con pequeñas cobijas de las aerolíneas.

Mientras hacía la fila para abordar sonó mi teléfono y un número que ya se había hecho familiar titilaba en la pantalla.

—¡Hola! —dije tratando que mi buen humor se filtrara a través del teléfono y llegara a Londres solo con el saludo—. Pensé que la teoría del meteorito se había hecho realidad.

—Marianne, será mejor que no vengas.

Por un momento todo el ruido del aeropuerto pareció evaporarse. Era tal el silencio que hasta creo que escuché unos cuantos grillos.

—¿Por qué?

—No es un buen momento. Tengo mucho trabajo.

La fila seguía avanzando y yo no podía hacer otra cosa que moverme al ritmo de las otras personas como una autómata. Esto tenía que ser una broma, pero Vadim no era de los que bromeaba... ¿o sí? Su tono no era ni siquiera de disculpa, sino plano y frío como quien da un anuncio por un parlante en el supermercado anunciando un coche mal estacionado.

—Pero ayer me pediste que fuera —insistí entregándole mi pase de abordaje a la azafata.

¿Por qué no me detenía o me salía de la fila hasta que todo esto se aclarara?

—Sí, lo sé, pero fue algo del momento. Nunca pensé que de verdad vendrías.

Ahí fue cuando me paralicé, a mitad de camino entre la puerta de abordaje y el avión, sintiendo el sabor de las lágrimas en el fondo de mi garganta. Era una estúpida, una de esas mujeres que toda mi vida había criticado, tan obsesionada con los hombres y el sexo que se ofrecía en una bandeja a alguien que no le importaba y que incluso llegaba a aparecerse en su casa al otro lado del mundo.

Mi reacción fue enfurecerme. Primero conmigo por imbécil y luego con Vadim por estar lanzando invitaciones que no eran en serio y esperar hasta el último momento para retirarlas.

—¿Y no se te ocurrió decirme eso en el momento en que te mandé el número de vuelo? —Mi tono subió convirtiéndose casi en un chillido—. Incluso hace un par de horas hubiese estado bien, pero no cuando estoy montada en EL MALDITO AVIÓN.

—¿Ya estás en el avión? —Por primera vez la voz de Vadim mostró alguna emoción, pero yo estaba demasiado concentrada en mi rabia que la dejé pasar sin tratar de identificarla—. Pensé que faltaban horas.

—La hora que te envié era la local de Nueva York, no la de Londres, pero veo que ni te molestaste en chequear los itinerarios. —El tono de mi voz bajó pero seguía destilando todo menos conformidad—. Pero por mí no te preocupes, ya veré qué hago cuando llegué allá.

—Es diciembre. Hay ballet, opera, Torneo de Maestros de Tenis, un concierto de Kiss y creo que un duque se casa en estos días, no conseguirás ni un banco vacío en Hyde Park donde dormir.

—¿Y qué sugieres que haga? ¿Que llame alertando de una amenaza de bomba para que el avión no despegue?

—Llámame en cuanto aterrices. —Su tono ahora era de fastidio. Ese sí lo identifiqué rápidamente porque me taladró el pecho—. Ya veré cómo lo resuelvo.

Mejor sería que esperara esa llamada sentado, porque yo no tenía ni la más mínima intención de volver a hablarle nunca más.

El vuelo fue una tortura. No dejaba de repasar una y otra vez la conversación que tuve con Vadim aquella noche fatídica, tratando de descifrar dónde exactamente había comenzado a meter la pata. Dos corrientes se peleaban en mi mente sin que ninguna ganara. Por una parte, una molesta vocecita me recordaba que el viaje había sido una mala idea desde el principio, que todo lo que me pasaba era una lección para que tuviera un poco más de respeto por mí misma. Había también otra voz, mucho más comprensiva, que me recordaba que Vadim no estaba exento de culpa, ya que me había invitado.

Así, casi esquizofrénica de escuchar voces contradictorias, llegué a Londres y, mientras esperaba mi equipaje frente a la cinta, me permití tener esperanzas.

Tal vez había tomado las cosas por más graves de lo que eran, tal vez Vadim estaría esperándome afuera con una disculpa.

Resultó ser que la esperanza no era más que el consuelo de los tontos y que yo era una tonta en dos continentes, solo porque no había visitado los otros tres.

Nadie me estaba esperando.

Salí de la terminal y me senté fuera lamentando haber dejado de fumar hacía un par de años. Un cigarrillo sería bueno para hacer tiempo mientras pensaba.

Encendí el teléfono, era el momento de comenzar a buscar un hotel o un vuelo de regreso, cualquier cosa que apareciera primero. La luz pestañeó seguida del tono de alerta de mensaje.

¿Ya estás en Londres?, era de Vadim.

Me quedé mirando la pantalla. Yo no iba a hablar con Vadim. Nunca más. Se podía quedar esperando sentado por milenios noticias mías.

Sí.

Mis traidores dedos parecían querer independizarse.

Toma un taxi a mi casa.

Si ya le había hablado, bien podía mandarlo al infierno.

Te dije que no te preocuparas. Soy perfectamente capaz de arreglármelas.

A pesar de que la frase había tenido toda la intención intelectual de ser conclusiva, me quedé mirando la pantalla en espera de la réplica. Un segundo, cinco segundos, diez segundos, nada. Cuando sonó la alerta de mensaje, exhalé. No me había dado cuenta que no estaba respirando.

¿Por favor?

A mi cerebro, cansado por el jet lag y desesperado por no sentirse como una idiota, esa pregunta le valió como una disculpa.

No tengo tu dirección.

El siguiente mensaje llegó al mismo tiempo que me prometía que lo primero que haría al regresar sería buscar un psiquiatra para trabajar mi autoestima.

Capítulo 11

Por lo general, las cosas en la realidad distan mucho de ser como las imaginas. La culpa la tienen los libros, las películas y las series de televisión en donde los aconteceres básicos y molestos de la vida parecen discurrir como la seda, las casualidades siempre llegan en el momento indicado y los inconvenientes siempre son una parte importante de la trama.

—¿Puedo ayudarla en algo, señorita? —La voz del portero me saludó en el vestíbulo, dejándome claro con su expresión impenetrable que esa era la clase de edificio donde tienes que anunciarte. No puedes simplemente subir y llamar a la puerta.

—Vengo a visitar a un amigo. Se llama Vadim...

Además de la cita con el psiquiatra, también debía recordar preguntarle el apellido al próximo hombre con el que me acostara y me dedicara a perseguir, SÍ, A PERSEGUIR, a través de vuelos trasatlánticos.

—Vive en el quinto piso —insistí, aunque ahora

no estaba segura si era en el quinto o en el cuarto—, en el apartamento que tiene la terraza.

Tenía que callarme ahora antes de que comenzara a explicar que era ruso, enorme y rubio, con cara de malvado agente secreto, que tenía un GTO plateado y, según podía recordar, era muy bueno en la cama.

—El señor no se encuentra, avisó que hoy saldría de viaje y no dejó dicho que esperara ninguna visita. —El portero echó una mirada significativa a mi morral. No era el mismo que me había buscado el taxi la mañana que salí corriendo de allí para no perder mi vuelo. Eso hubiese sido demasiada casualidad y me habría facilitado las cosas—. Si desea dejarle un mensaje, con gusto se lo haremos llegar cuando regrese.

Podría haber discutido, asegurarle que hacía poco más de media hora había intercambiado mensajes con Vadim e insistido en esperarlo sentada en el mullido sofá de la esquina, pero estaba cansada de que todo estuviese resultando tan difícil.

El Cosmos me estaba mandando señales cada vez más altas y claras y no podía seguir haciéndome la sorda ante ellas.

—No, gracias.

Tratando de mantener un paso completamente despreocupado que no revelara en lo más mínimo el sentimiento de «me han dado el esquinazo, otra vez» que me embargaba, salí del edificio y esperé a estar fuera de la vista del portero para inhalar una enorme bocanada de aire, reposicionar el morral, que a esas alturas pesaba como doscientos kilos, en mi hombro y mentalmente repasar nuevamente mis opciones.

—¡Marianne!

Congelada. Esa voz tenía la facultad de dejarme congelada.

Ahí estaba Vadim, bajándose del GTO. La distancia y los días transcurridos habían hecho mitigar en mi mente el recuerdo de lo enorme, varonil y sexy que era. Vestía de traje y corbata, como el día que habíamos ido al teatro, y creí ver un intento de sonrisa asomarse por su boca en lo que nuestros ojos se encontraron, pero se esfumó tan rápidamente que no pude asegurarme si era real o una de las consecuencias de mi jet lag.

—¿Adónde vas? —preguntó acercándose hasta mí.

—Me dijeron que no estabas. —Me encogí de hombros como si no fuera la gran cosa.

—Ya llegué —descolgó el morral de mi hombro y lo puso en el suyo—. Vamos.

En su tradicional zancada fuerte y decidida abrió la puerta del edificio y la mantuvo así hasta que pasé frente al anonadado portero, que había corrido para intentar hacer su trabajo.

—Angus —dijo Vadim sin mirar al hombre—, la señorita se va a quedar conmigo unos días. Asegúrate de que quede asentado para el resto de los turnos.

—Sí, señor —murmuró Angus con tono de disculpa.

En ese momento quise sacarle la lengua al portero,

pero eso hubiese sido muy infantil. Me limité a seguir a Vadim hasta el ascensor tratando de ocultar mi mejor sonrisa presumida.

Las puertas se cerraron y ahora que no había portero ante quien presumir, la presión de las últimas horas conjuró, al menos de mi parte, la mayor incomodidad del mundo

—¿Cómo estuvo el viaje? —preguntó sin sonar demasiado interesado, solo el toque justo de cortesía.

—Ni me enteré, dormí la mayor parte del tiempo —mentí.

Entró al apartamento, que seguía igual de bonito y ordenado como lo recordaba, y siguió con mi morral al hombro hasta aquella oficina donde me había quedado dormida en sus piernas, como una niña pequeña. Puso mi equipaje sobre el sofá y se quedó parado viéndome por unos pocos segundos.

—Puedes dormir aquí.

Botox. En ese momento necesitaba que mi cara estuviese paralizada para que ninguna de las emociones que emergían descontroladas en todas direcciones se tradujera de alguna forma en mi rostro. Era una mezcla de puñetazo en el estómago, falla cardíaca e indigestión.

—Ok—conseguí decir.

—El baño es la puerta que está al lado —siguió explicando mientras salía y se paraba justo en la barra que separaba el recibidor de la cocina—. Este es tu juego de llaves.

Me tendió un aro de metal del que colgaban dos

Cuatro días en Londres

llaves. Se veían tan solitarias y patéticas como yo me sentía.

—Gracias.

—Puedes entrar y salir cuando quieras, excepto hoy. Anya debe llegar en media hora y detesta que haya alguien aquí cuando viene.

—¿Anya?

—La señora que hace la limpieza y se encarga de las compras. En vista de que ya dormiste en el avión no debes estar muy cansada, así que mi mejor recomendación es que salgas y visites Londres. ¿Desayunaste?

Asentí con la cabeza, pues no confiaba en mi propia voz. En realidad, no había comido desde que salí de Nueva York, pero lo único que me faltaba en mi escala de «necesitadas mayores» era estar hambrienta.

—Bien. Ahora me voy a trabajar. Disfruta tu día.

Con un leve asentimiento de cabeza salió del apartamento sin volver la cabeza ni siquiera por error.

En lo que la puerta se cerró y Vadim salió de mi vista estaba segura que era un buen momento para llorar. Tenía media hora para desparramarme en el suelo y sollozar de la forma más teatral de que fuera capaz, la cosa era que no podía. Me sentía humillada, avergonzada, miserable y, sobre todo, estúpida, pero aparentemente la mezcla era tan fuerte que suprimía completamente mi habilidad de derramar lágrimas.

Regresé a la oficina, convertida ahora en mi habitación, y saqué de mi morral mi pequeño bolsito de aseo. Una vez en el baño me lavé la cara, arreglé el cabello y apliqué algo de maquillaje fresco.

Al menos tenía un lugar donde dejar mis cosas y dormir por una noche mientras organizaba mi viaje de vuelta lo más pronto posible. No estaba segura de si un pasaje comprado con millas podía ser cambiado, pero iba a ir hasta el aeropuerto a averiguarlo y, si no se podía, mi amiga Master Card estaba más que dispuesta a sacarme de cualquier apuro.

Revisé que tuviera el triste arito de metal con las llaves en mi bolsillo, agarré mi bolso y me fui de allí.

En lo que el ascensor se abrió en el vestíbulo y puse un pie fuera quedó claro que el Cosmos no me iba a dar ni un segundo de respiro.

—¿Marianne?

Cuando regresara a Nueva York otra de mis prioridades iba a ser cambiarme el nombre.

—Hola, Sergei.

Tal vez ser actriz sería mi próxima profesión, dadas todas las veces que había logrado mantener una expresión serena cuando sentía que la tierra debería hacerme el favor de abrirse y tragarme.

—¿Qué haces aquí?

—Me faltaron algunas cosas que ver en Londres y Vadim me ofreció un lugar donde quedarme.

Sergei me encandiló nuevamente con su sonrisa de ángel caído y recordé por qué había accedido a irme con él de ese bar. Aun a la luz del día y con unas ojeras que hablaban de una falta de sueño decente casi crónica era, por mucho, el hombre más hermoso que había visto en mi vida

—¿Y dónde está Vadim?

—Trabajando —levanté un hombro como si eso fuese la cosa más natural del mundo.

—Tiene la mala costumbre de hacer eso casi todo el tiempo. —Sergei hizo una mueca de horror—. Es tan desagradable... ¿Y adónde ibas?

—Caminar, visitar lugares —si me seguía encogiendo de hombros tratando de parecer despreocupada iba a terminar con una contractura muscular—, hacer cosas que los turistas hacen.

Sergei se inclinó hacia mí con un brillo travieso en los ojos.

—¿Y qué tal si te llevo a un lugar que los turistas solo sueñan con visitar, pero al que no pueden acceder? —me susurró en secreto.

—¿Y qué vería en ese lugar? —dije imitando su tono de voz.

Había algo contagioso en su actitud que me hacía olvidar toda la angustia existencial que me había acompañado desde antes de subir al avión y la convertía en un dolor fantasma.

—A los mejores bailarines del mundo sudando la gota gorda para convencer al público de que todo lo que hacen no es endemoniadamente difícil y doloroso.

***

La afirmación de Sergei solo había rozado la realidad. Tenía la noción intelectual de que el ballet era una disciplina ardua, pero tras verlo entrenar y ensayar durante seis horas, hasta yo estaba agotada.

Todo lo que uno veía en el escenario, aparentemente fácil y hasta natural, requería de horas de práctica y repeticiones interminables para que los pies y los brazos estuviesen en la posición correcta en el momento indicado y sin el más mínimo titubeo. Era como un deporte de alto rendimiento en el que tienes que forzar tu cuerpo para que haga cosas para las cuales no fue diseñado, con el añadido de que tienes que actuar.

En cualquier otro trabajo uno aprendía cómo hacer las cosas y las adaptaba a las situaciones del día a día. Esto que hacía Sergei era diferente, podías saber cómo debía hacerse, pero tu cuerpo podía no querer responderte en ese momento.

A pesar de todo esto, al final de la jornada, Sergei apareció con el cabello aún húmedo de la ducha luciendo una sonrisa.

—¿Lista para hacer esas otras cosas que los turistas hacen?

—¿Después de todo eso no quieres tirarte en la cama a dormir?

—La cama suena bien, aunque no para dormir —nuevamente la sonrisa mitad camino entre el bien y el mal apareció en el panorama—. Pero teniendo en cuenta que Vadim podría arrancarme la cabeza con solo la fuerza de su voluntad, es mejor que mi exceso de adrenalina lo gaste siendo tu guía personal de la ciudad.

Tuve el impulso de decirle que a Vadim seguramente le importaría poco, pero me contuve justo a tiempo pues temía sonar amargada. Además, tampoco quería darle ideas erróneas a Sergei. Seguía siendo hermoso, pero el sexo sin compromiso ya no me parecía tan buena idea como cuando salí de Nueva York.

—Te sigo entonces —le dije con un guiño.

Mi primera y última vez en Londres había sido un tornado. En un solo día, Alex me había arrastrado a todos los sitios posibles solo para hacernos una foto que sirviera de prueba a las futuras generaciones de que habíamos estado allí. Con Sergei tuve tiempo de disfrutarlo un poco más, pues su buen humor seguía siendo contagioso.

Arrancamos el recorrido en una onda artística-bohemia en los alrededores del Covent Garden, pero también subimos al London Eye y desde arriba me contó anécdotas muy divertidas sobre algunos de sus episodios en Londres, señalando los puntos específicos. Frente al Palacio de Buckingham nos hicimos unas fotos loquísimas y terminamos dando un paseo en St James's Park, donde nos sentamos en una banca de madera a admirar el panorama.

—Este es mi sitio favorito en todo Londres —dijo sin ningún tipo de inflexión en la voz, con la mirada perdida en el paisaje—. Aquí venía a pensar cuando era niño.

—¿Cuando eras niño? Pensé que habías crecido en Ucrania.

—Vine aquí cuando tenía trece años gracias a una

beca y no volví a Ucrania hasta que terminé mis estudios a los dieciocho años y conseguí trabajo como bailarín —volvió la cabeza para verme con una sonrisa de disculpa—. Mi familia es pobre, no podían costear el boleto para venir a verme o enviar a por mí en vacaciones. Supongo que esta ciudad es más mi casa que el sitio donde nací.

—Debió ser duro, siendo tan joven y estando solo.

—Al principio sí, solo hablaba ruso y era difícil hacer amigos —se encogió de hombros como restándole importancia, pero su mirada se había vuelto dura, como si la vegetación circundante lo llevara de vuelta a una época a la que no le gustaría regresar—. Pero me enfoqué en lo que tenía que hacer, era mi oportunidad, no podía volver a Ucrania con las manos vacías, muchas personas habían invertido demasiado en mí: mi familia, los que me dieron la beca, los profesores aquí. Fallar no fue nunca una opción.

—¿Quién dijo presión? —traté de sonar lo más ligera posible para borrar el halo sombrío que se había apoderado de Sergei.

—Cuando eres joven la presión no te pega tanto, además amaba bailar, no podía imaginarme haciendo otra cosa —la cara de Sergei se iluminó con una sonrisa—. La adrenalina de estar sobre el escenario, incluso en los entrenamientos cuando intentaba sobrepasar mi propio límite, era embriagadora. Creo que me hice un poco adicto, pero como todo adicto llega un momento que la dosis ya no es suficiente.

—¿Amabas bailar? ¿Era embriagador? Estás hablando en pasado, Sergei. ¿Ya no te gusta?

—Claro que sí —dijo como si sus propias palabras lo hubieran sorprendido—. Es mi trabajo, lo único que sé hacer, y la gente piensa que soy condenadamente bueno en ello. Por eso soy tan famoso.

Por un momento, me pareció estar viendo a una versión masculina, y mucho más hermosa, de mí misma. Hacía falta un amargado inconforme para reconocer a otro que además se ganaba la vida actuando.

Esas mismas palabras que Sergei acababa de pronunciar me habían mantenido durante años produciendo el noticiario y a esas alturas no sabía si yo era más valiente que él por haber afrontado la realidad o más cobarde por huir de lo único para lo que era talentosa.

—Dime una cosa. Si bailaras en un teatro vacío y oscuro sin que nadie te viera, ni directores, ni periodistas, ni público, ¿lo disfrutarías?

Sergei me miró perplejo, como si de repente yo hubiese comenzado a hablar en finés y él no tuviera la más mínima idea de lo que estaba diciendo.

—Un pub —dijo poniéndose de pie y recuperando en un suspiro su buen humor.

—¿Quieres bailar en un pub?

—Ninguna visita a Londres está completa si no vas a un pub a beberte unas cuantas Guinness. —Hizo un gesto apurado con la cabeza—. Vamos, vamos, que se hace tarde.

Esa era la maniobra más burda que había visto en mi vida para evitar una pregunta incómoda y yo tenía miles de técnicas aprendidas a lo largo de los años para precisarlo.

Sin embargo, Sergei no era mi asignación ni St James's Park el set de un programa de entrevistas, así que con mi mejor sonrisa obvié su evasiva y lo seguí.

Capítulo 12

Eran cerca de las nueve de la noche cuando regresamos al edificio presumido. Ahora sí estaba el mismo portero de la vez que salí huyendo para alcanzar mi avión y me miró con expresión confundida cuando entré de la mano de Sergei. ¡Gracias, Cosmos, por recordarme mi situación!

—¡Hola, Charles! —lo saludó Sergei con calidez al traspasar el umbral, el lado opuesto al frío tono de negocios de Vadim—. Esta es mi amiga Marianne.

Charles me saludó políticamente con una inclinación de cabeza, pero sus ojos seguían estando perplejos. Tenía ganas de sacar al pobre hombre de su asombro diciendo algo como «no vaya a creer que soy una prostituta que solo toma como clientes a los nativos de la antigua Unión Soviética», pero no tenía por qué pagar con el portero mi propio embarazo.

Por si eso fuera poco, Sergei no optó por las escaleras, como parecía ser su costumbre, sino que decidió esperar el ascensor. Treinta segundos más sintiendo los ojos del portero en la nuca.

—No recuerdo ninguna vez que haya regresado a casa habiéndome divertido tanto cuando aún no es ni siquiera medianoche —me dijo Sergei con una expresión casi asombrada una vez que estuvimos dentro del elevador.

—No te preocupes. Es solo la novedad, pronto volverás a ser el mismo de antes.

Cuando las puertas se abrieron en el primer piso, Sergei hizo como si fuese a salir, pero se quedó a medio camino aún con mi mano entre las suyas, apoyado en la puerta para impedir que volviera a cerrarse.

—Gracias, Marianne. —Y, suavemente, llevó mi mano hasta su boca y besó la palma—. Si Vadim se pone mandón, intimidante o pesado, o sea, más de lo habitual, solo baja la escalera.

—Creo que el sofá de Vadim es más cómodo que el tuyo.

Aproveché la confusión que mis palabras generaron en Sergei para, delicadamente, recuperar mi mano.

El beso en mi palma me había dado unas leves cosquillas, de esas que no dan risa, y el ruso en cuya casa iba a dormir había vapuleado mi autoestima. Eso, unido a un ucraniano hermoso al cual yo realmente le agradaba, era casi una invitación para seguir cometiendo estupideces que, como había quedado demostrado, terminaban estallándome en la cara.

—Buenas noches, Sergei —dije lanzando una mirada significativa a la puerta del ascensor y él se apartó, obviamente captando el mensaje.

El viaje del primer al quinto piso lo pasé repitiendo una plegaria silenciosa para que Vadim tuviese la delicadeza de no estar en su propia casa, pero últimamente cualquiera de mis peticiones parecía ser exagerada.

Había pasado un lindo día, tanto que aquel plan de correr al aeropuerto a buscar cualquier boleto que me permitiese regresar a casa, aunque tuviese que llegar hasta Noruega, hacer dieciocho horas de espera en el aeropuerto de Oslo y luego regresar no volvió a asomarse por mi mente. Sin embargo, al ver la luz que se filtraba debajo de la puerta del apartamento de Vadim y escuchar el ruido que provenía de dentro, comencé a castigarme mentalmente por mi amnesia momentánea.

La propuesta de Sergei parecía incluso atractiva, estupidez o no.

«Al mal paso darle prisa», traté de darme valor. «Mañana retomarás el plan, solo tienes que entrar, saludar e irte derechita a tu sofá».

Saqué el arito de mi bolsillo observando las solitarias y tristes llaves mientras me debatía sobre si sería más conveniente entrar directamente o tocar la puerta. Me decidí por lo primero, por algo me había dado la llave y era mejor molestar lo menos posible.

Vadim estaba sentado en uno de los grandes sofás de su recibidor con un portátil en su regazo, aunque su atención estaba en ese momento en el partido de tenis trasmitido en la pantalla enorme de su televisión.

El traje y la corbata habían desaparecido para ser sustituidos por unos jeans desgastados y una camiseta blanca que dejaba en evidencia su torso en forma de triángulo que, incluso antes de que lo hubiese visto sin ninguna prenda de vestir que lo cubriera, tenía la extraña facultad de convertir en una mancha borrosa para mí todo lo que estuviese alrededor.

No era algo que tuviera que ver solamente con su tamaño, pero cuando Vadim estaba en un sitio, todo a su alrededor parecían ser solo accesorios. Su presencia era lo suficientemente fuerte para ser el punto focal de cualquier espacio. Si a eso le agregábamos el hecho de que lo había visto desnudo, que me había acostado con él y que me había invitado a Londres para luego tratarme como a un huésped indeseable, podríamos concluir que mi capacidad de formar frases coherentes se esfumaba.

—Buenas noches. —Mi voz sonó demasiado aguda.

—Hola, Marianne.

Finalmente se volvió y me obsequió una sonrisa cortés, políticamente correcta, del tipo que no alcanza a los ojos.

—¿Tienes hambre? —se puso de pie y, sin esperar mi respuesta, se encaminó a la cocina.

Cerré la puerta tras de mí y, como atraída por un imán, lo seguí. Había comido alguna cosa con Sergei, pero mi madre me había enseñado buenos modales. Si Vadim se mostraba cortés e intentaba ser buen anfitrión, no debía ser grosera. A fin de cuentas, me estaba quedando en su casa aunque planeara irme pronto.

—¿Cocinaste? —Me senté en una silla alta frente a la barra al ver que ponía en funcionamiento el microondas.

—No —me respondió con tono afable mientras ponía un mantelito individual frente a mí, un set de cubiertos y una copa—. Le pedí a Anya que dejara preparado un plato adicional para ti.

A juzgar por el olor, Anya era una cocinera fantástica y el aspecto del plato tampoco se quedaba atrás: un grueso churrasco de atún, sazonado con mantequilla y hierbas y unos espárragos asados.

Vadim llenó mi copa con vino blanco y se sirvió una para él. Luego llegó el anticipado silencio incómodo. El ruido de las raquetas golpeando con la pelota que provenía del televisor hacía mucho más evidente que no teníamos nada que decirnos.

—¿Quién va ganando? —pregunté como último recurso, haciendo un movimiento con la cabeza hacia el televisor.

—Federer. —También él pareció aliviado al tener algo que decir.

Aquello era algo impersonal de lo que podíamos hablar mientras empujaba por mi garganta la comida que en realidad no me quería comer y Vadim se veía, por educación, en la obligación de acompañarme.

—Estoy convencida de que Federer tiene que tener un pacto con el diablo o algo así. Cuando parece que su era ya había llegado al final, de repente vuelve a ser el número uno.

—¿Te gusta el tenis? —preguntó juntando las cejas en un gesto de incredulidad.

—Y el fútbol y el béisbol, cuando juegan los Red Socks.

—Y el ballet —completó Vadim subiendo las cejas.

—Y la música de Chopin y Liszt, también Metallica y Rammstein, y todo lo de Sinatra. Me gustan los libros de Stephen King, también los de Isaac Asimov y no puedo resistirme a las novelas para adolescentes. Me encantan las películas de acción, los museos, las galletas y la cerveza.

—¿Qué tipo de cerveza? —preguntó con una expresión divertida.

—La Corona es mi favorita, aunque cuando hace calor no hago distinciones.

Vadim se inclinó hacia adelante, apoyando ambos codos sobre la barra. Por primera vez desde que regresé a Londres la política cortesía fue sustituida por una expresión lo más similar a la de aquel hombre que dejé acostado en una cama riéndose de mi neurosis. Casi podía volver a creer que yo realmente le agradaba.

—Eres una mujer muy complicada, Marianne.

—Por el contrario —dije haciendo un gesto displicente con la mano—, soy una persona bastante simple. Aquellos a quienes les gustan pocas cosas y son casi maniáticos con ellas son los complicados.

La carcajada que Vadim soltó fue casi tan fuerte como su presencia, llenando hasta el último rincón del espacio.

—Y además eres filósofa.

—Nadie dijo que la inteligencia no pudiera estar envuelta en un lindo paquete —completé haciendo un gesto presumido. Aunque no me creía totalmente lo del «lindo paquete», era algo con lo que podía bromear.

—Ciertamente —dijo ladeando la cabeza como si me estudiara—, pero tengo entendido que la mezcla puede resultar letal.

¿Volvíamos a estar flirteando? Eso no era un halago, ¿o sí? Si teníamos en cuenta su aspecto y el aura de peligro que lo rodeaba, tal vez eso de ser «letal» me convertía en una especie de «Señora Smith» y, si bien Vadim no se parecía a Brad Pitt, tampoco iba a quejarme.

Para variar, mi mente estaba divagando en lugar de contraatacar con una respuesta ingeniosa, o en su defecto, con cualquier respuesta. Aquel hombre iba a lograr que me internaran en una institución mental.

Ninguna salida perspicaz vino a mi rescate, mi famosa elocuencia me abandonaba cuando más la necesitaba, y el momento pasó como pasan todos los momentos: sabías que era importante, te dabas cuenta que se estaba escurriendo entre tus dedos y no podías hacer nada para evitarlo.

—¿Terminaste? —preguntó señalando el plato.

—Sí, estaba delicioso.

¿No podía pensar en algo más que decir? ¿Ni siquiera un comentario trillado sobre el beneficio del pescado que volviera a levantar la conversación?

—Yo limpio aquí, tú ve a dormir, debes estar cansada.

Y así el momento pasó. Me estaba despidiendo, mandándome a la cama, o técnicamente al sofá, como si fuese una niña pequeña, y lo más grave era que no quería irme y no se me ocurría ninguna excusa plausible para quedarme y preguntarle si a él también le gustaba la cerveza, si le iba el Manchester United o el Spartak, o si simplemente el futbol no le interesaba. Quería saber si era un agente encubierto del MI6, un matón de la mafia o chef famoso, o saber al menos aspectos básicos, como su apellido o la fecha de su cumpleaños.

—Hasta mañana.

Al menos pude lograr que mi despedida sonara a promesa.

Capítulo 13

—¿Puedes explicarme *esto*?

Fue el buenos días que recibí de Vadim al día siguiente cuando salí de mi habitación.

Estaba parado justo delante de la barra, vestido con un traje gris cruzado, una corbata color vino y una mirada feroz que me daba ganas de salir huyendo.

«Esto» no era más que un tabloide lanzado con furia sobre la barra que separaba el recibidor de la cocina.

—¿Un periódico?

Normalmente no habría osado responderle de esa manera a un ruso de casi dos metros con expresión asesina, pero me acababa de levantar y nunca me había gustado que me gritaran sin haber tomado café siquiera.

—No estoy jugando, Marianne.

Sin tratar de ocultar mi mal humor caminé hasta la barra y delante de mí, a seis columnas y todo color, pude ver la nueva venganza del Cosmos contra mí.

Petrov el Turista, decía el titular de primera página, y justo debajo una foto enorme de Sergei y yo haciendo la pose del final del *pas de deux* del Cisne Negro frente al Palacio de Buckingham mientras un transeúnte nos tomaba una foto con mi cámara. Un poco más abajo había otra fotografía más pequeña de los dos sentados muy cerca en el banco de St James's Park donde habíamos estado conversando, solo que la instantánea había sido tomada justo en uno de los pocos momentos que nos miramos, por lo que daba la impresión de que acabábamos de besarnos o estábamos por hacerlo. La leyenda decía:

Parece que el Primer Bailarín, Sergei Petrov, ha dejado de lado las noches de juerga y ahora se divierte mostrándole las atracciones londinenses a esta misteriosa mujer. ¿Habrá reformado el amor al chico malo del ballet?

—¿Y bien? —Vadim parecía al borde de perder la paciencia.

—Ayer me encontré con Sergei cuando iba saliendo, lo acompañé a sus ensayos y luego fuimos a pasear un poco. —Me estaba justificando y yo no tenía por qué justificarme, menos ante Vadim—. Aparentemente, fue un día flojo de noticias si esta tontería es merecedora de una primera página.

—Pero está allí, tontería o no. Alguien hizo dinero con esto y tú fuiste la encargada de poner a Sergei nuevamente en evidencia.

—¿Qué? —Ahora estaba seriamente indignada—. Yo no fui la «encargada» de nada. Sergei me pidió que lo acompañara y me arrastró por todo Londres cuando yo lo único que quería era conseguir un boleto de avión para volver a casa y no tener que verte nunca más. En cuanto a lo de «poner en evidencia», creo que es la única foto de Sergei que han conseguido los paparazzi en la que está sobrio y haciendo algo completamente inocente.

—Debo entender que eres la salvadora de la imagen de Sergei. —Si en esa frase hubiese habido un poco más de cinismo, probablemente Vadim hubiese caído muerto envenenado.

—¿Me puedes explicar qué te pasa? —Estaba exasperada—. Alguien le toma una foto a Sergei y resulta que todo es culpa mía. Me permito recordarte que yo no inventé venir a Londres de la nada, ni quedarme aquí en tu casa. Tú me invitaste, aparentemente con el oscuro propósito de hacerme sentir completamente inadecuada o convencerme de que soy una loca que escucha cosas que nunca fueron dichas.

—Los periodistas —escupió Vadim como si fuese un insulto personal, o tal vez yo lo tomé así porque sabía que, dirigido o no, era una ofensa que también me tocaba—. Su único propósito de existencia es exponer las miserias y equivocaciones de las demás personas. Hay un accidente y preguntan: ¿cuántos muertos? Rondan a los famosos esperando el peor momento para tomarles una foto, siempre en busca de lo malo que hay en el mundo, escarbando en la basura.

—Lamento que mi paseo con Sergei te parezca basura que hay que mantener escondida, porque fue el único momento agradable que he tenido desde que recibí tu muy oportuna llamada telefónica cuando me estaba montando en el avión. —Hice una pausa para respirar y mirarlo fijamente, para que mis palabras tuvieran el efecto que quería—. Y si lo que te preocupa es el bienestar de Sergei, pues déjame decirte que ayer fue el único día que llegó a su casa sobrio y a una hora decente y, a diferencia de ti, eso me hace sentir en paz conmigo misma no porque los paparazzi no lo captaran haciendo algo que lo pusiera en «evidencia», sino porque estaba seguro y no borracho o algo peor en un bar.

—No puedes entender lo que es estar al otro lado de la cámara, la presión que eso implica.

—¡Presión siente un padre con un hijo que no puede alimentar! ¡Presión es no tener trabajo ni saber cómo buscarlo! ¡Presión es no tener idea de con qué vas a pagar la renta el mes que viene! No ocupar la primera página de un tabloide de chismes.

No esperé la respuesta. Si Vadim seguía siendo tan obtuso, la capacidad de usar las palabras iba a abandonarme y tendría que tomar cualquier objeto que estuviese a la mano y lanzárselo a la cabeza.

Giré sobre mis talones y volví a la oficina que me

servía de cuarto dando un portazo que resonó casi tan fuerte como un signo de exclamación. ¿Inmadura? Sí, y también furiosa.

Me quedé sentada en el sofá tratando de no moverme hasta que dejara de ver todo rojo. Estaba segura que en ese momento había humo saliendo de mis orejas, tal y como si fuera un personaje de caricatura.

Tenía que irme de allí, ya. Bueno, tal vez cuando encontrara mi Blackberry, que seguía sonando con ese tono de teléfono antiguo tan irritante.

—¿Sí? —contesté apresurada después del decimosexto repique.

—¿Todavía puedes sentarte?

—Alex...

No era buen momento para hablar con Alex. Tenía demasiado que contarle, pero exponerle a una tercera persona, aunque fuese mi mejor amiga, todo lo que había pasado me horrorizaba. Por más que suavizara el asunto, yo quedaría retratada como una idiota como mínimo. ¿Por qué seguía allí? ¿Por qué había ido en primer lugar? No eran preguntas que podía contestarme satisfactoriamente a mí misma, menos a alguien más.

—¿Ya has averiguado algo de tu misterioso ruso? ¿Le preguntaste al menos su apellido?

—No hemos estado hablando mucho precisamente —técnicamente eso era verdad, aunque seguramente Alex le daría una connotación completamente diferente a la real.

—Entonces, te tengo buenas noticias. Ya entiendo

por qué a los periodistas les encanta dar primicias, hay cierto placer morboso en ello.

—¿De qué estás hablando?

—Querida amiga, no estás durmiendo con James Bond, sino con Batman.

—Espero que con eso no te refieras a que Sergei es Robin, porque creo que no podría soportarlo.

—¿El apellido Chekov te dice algo?

Sí me sonaba, pero no podía precisar de dónde. Poco a poco como una luz lejana que se te va acercando en un túnel obscuro me llegó el entendimiento.

—¿Chekov de las empresas Chekov de transporte de petróleo e hidrocarburos?

—¡Esos mismos! Vadim Chekov, Presidente y dueño absoluto de Empresas Chekov.

—No —dije negando con la cabeza, luciendo una expresión similar a la que tendría si alguien hubiese venido a decir a estas alturas que la Tierra era plana—. Las empresas Chekov transportan más del cincuenta por ciento de todo el crudo que se produce en el mundo. Son unos rusos millonarios y Vadim es un hombre normal. ¿Cómo se te ocurrió esa idea? Ni siquiera lo has visto nunca.

—Marianne, cuando se trata de averiguar cosas sobre tipos que me interesan, Barbara Walters debería besar mi bien tonificado trasero. Después de que te marcharas, y preocupada como estaba por tu seguridad, me puse a investigar. Como no tenía ningún dato sobre Vadim, comencé por Sergei Petrov quien, por cierto, es mucho, mucho más interesante. Tiene esa

Cuatro días en Londres

cualidad de muchachito extraviado del buen camino al que toda mujer tiene la tentación de querer salvar, complementado por una cara de ángel y un cuerpo para cosas mucho más terrenales.

—¡Alex, enfócate!

—Está bien —dijo chasqueando la lengua—. Busqué Sergei Petrov y crucé la búsqueda con el nombre Vadim y encontré una fotografía de un evento benéfico cuya leyenda señalaba: *El empresario ruso Vadim Chekov, presidente de las empresas Chekov, y su amigo el Primer Bailarín, Sergei Petrov*. Ahora dime, Marianne: ¿cuántos amigos puede tener Sergei que sean rusos, se llamen Vadim y se parezcan a Daniel Craig, pero con el cuerpo de Ian Thorpe?

—Pero los millonarios como los Chekov no viven en un apartamento en Londres por muy bonito que sea. Viven en mansiones, con mayordomo y guardaespaldas, tienen obras de arte en las paredes, huevos de Fabergé en la mesa de centro y tal vez hasta un piano.

—Tal vez queda algo de comunista en su ADN. ¡Qué sé yo! De todas formas, le pedí a esa chica simpática de la sección de economía que parece muy competente... ¿cómo se llama?

—Jessica.

—Sí, a esa, le pedí que me averiguara algo, pero toda la información es muy corporativa. Al parecer, tu ruso no da entrevistas ni siquiera a *Forbes*. Según el informe de Jessica, Vadim es soltero, tiene treinta años y fue parte del equipo olímpico ruso de natación. Estudió en Oxford y a los veintidós años se hizo cargo del negocio familiar. Aparentemente, la compañía ya era muy importante en Rusia, pero fue Vadim quien la llevó a los mercados internacionales pasando de ser millonarios rusos a millonarios internacionales.

—¿Me puedes mandar eso a mi correo? La foto también. Todo esto es muy... surrealista.

—Claro, ya te lo mando. También encontré otra cosa...

—¿Qué?

—No tengo la menor idea. Son unos artículos en ruso de hace como diez años. Tienen titulares enormes y hay fotos de gente en un cementerio, como en un entierro, salen en los archivos si escarbas mucho sobre los Chekov.

—Mándame eso también.

—¿Desde cuándo lees ruso?

—Yo no, pero conozco a alguien que tal vez me ayude.

—¡No me digas que se lo vas a pedir a Sergei! Todavía te puede tener ganas, pero no creo que vea con buenos ojos que escarbes en el pasado de su amigo.

—Claro que no. Roberto Ferrara habla ruso.

—¿Ese no es el que lee los periódicos en el programa de la mañana? No parece ruso.

—Roberto Ferrara es un periodista de política y economía muy respetado. —Me parecía inconcebible que tuviera que explicarle a Alex la trayectoria de la gente que trabajaba en el mismo canal de televisión que ella—. No solo lee la prensa en la televisión, sino que escribe para periódicos muy importantes y da la casualidad que hizo un postgrado en Rusia.

—¿Y te va a ayudar porque sí?

—Yo fui su asistente de producción cuando empecé. Lo conozco, somos amigos, incluso cuando ya estaba a cargo del noticiario estelar le seguía pasando datos y resúmenes para el programa de la mañana.

—Siempre te gustó trabajar de más.

—Mándame lo que tengas, también los artículos en ruso.

—Vale —dijo Alex con su tono más cómplice—. Me encanta esto del periodismo de investigación. Diviértete.

No había terminado de cortar la comunicación con Alex cuando mi teléfono volvió a sonar. En esa oportunidad era el tono que indicaba que había recibido un correo electrónico. Era de Alex y el asunto indicaba solamente: *Vadim Chekov.*

Me quedé viendo el teléfono mientras una sensación familiar invadía mi cuerpo, la misma que deben sentir los niños pequeños cuando reciben un regalo perfectamente envuelto el día de su cumpleaños: una mezcla de curiosidad, emoción y miedo. Era la sensación que me había mantenido tantos años en el periodismo.

Querer saber cosas era tan natural en mí como respirar, era el mismo deseo por el que no podía dejar de leer un buen libro hasta que supiera cómo terminaba.

Hay miles de historias en el mundo y la mayoría de ellas no te importan mientras ignores su existencia, pero en lo que te enteras que hay algo oculto no puedes evitar querer saber el qué, el cuándo, el cómo, el dónde y el por qué.

La parte del miedo venía por la experiencia. Si te has caído suficientes veces de un caballo sabes que duele, al igual que si has trabajado en suficientes historias sabes que pueden estallarte en la cara. No obstante, no había marcha atrás. Mientras Vadim era solo Vadim no me hacía falta más nada, pero ahora que había algo sobre él que yo desconocía y que era prácticamente del conocimiento público no podía evitar la necesidad casi patológica de saber.

Pulsé el botón y el texto del correo de Alex era breve: *Aquí va la info... espero que al menos consigas algún diamante antes de venir.* El resto eran cuatro archivos adjuntos llamados: foto, resumen Chekov, periódico1 y periódico2.

Traté de abrirlos en mi Blackberry, pero las letras eran mínimas en la pantalla. Miré hacia la computadora que estaba en la oficina pero era tan moderna y complicada que tuve la sensación que si la tocaba algún desastre interplanetario ocurriría, satélites se saldrían de sus órbitas y barcos chocarían en alta mar.

Frustrada, miré nuevamente mi teléfono. Ahora que había empezado debía terminar con esto rápido. No quería esperar a llegar a casa y tampoco quería quedarme allí más tiempo del necesario.

Salí de nuevo al recibidor y el ordenador portátil de Vadim estaba en el sofá, justo donde había estado anoche, como una invitación. Solo esperaba que el apartamento tuviese una conexión WIFI.

Como era de esperar, sí la tenía. Accedí a mi cuenta de correo y bajé el primer archivo. Era un artículo de una publicación inglesa, de hacía dos años, que detallaba un evento social en el que las nuevas «promesas» del mundo de ballet habían recibido el estatus de «solistas», entre ellas «el talentoso bailarín ucraniano Sergei Petrov».

En la foto estaban ambos, Sergei y Vadim, en medio de una fiesta hablando cordialmente. La leyenda era tal y como me la había leído Alex, por lo que ya no cabía duda que Vadim era un multimillonario que se dedicaba a comerciar con petróleo.

Miré el lugar donde estaba tratando de consolidar la información con la realidad, pero solo seguía siendo un apartamento precioso. Tal vez no todos los millonarios fuesen como Donald Trump o Richard Branson. A fin de cuentas, ¿qué sabía yo del estilo de vida de esa gente? Una conocía cómo vivían los famosos, pero no tenía ni idea de cómo lo hacían aquellos ricos que no eran mediáticos.

El segundo archivo era el resumen hecho por Jessica, la periodista de la sección de economía. Decía que las empresas Chekov habían sido una de las primeras iniciativas independientes rusas tras la Perestroika. Leonid Chekov conocía el negocio y rápidamente se convirtió en el líder de lo que fue la primera camada de millonarios rusos una vez que el comunismo fue historia. Vadim había sido integrante del equipo ruso de natación, pero había abandonado antes de su primera Olimpiada, cuando tenía diecisiete años, para ir a estudiar a Oxford. A los veintidós tomó el mando de la empresa de su padre y la convirtió en un conglomerado internacional que cotizaba en los mercados de valores y controlaba la mayor parte del manejo de hidrocarburos. De esta manera la compañía pasó de ser la empresa privada más importante de Rusia a una de las más importantes del mundo.

Del ámbito personal había poco. Vadim era soltero y su vida privada la mantenía privada. Había dado pocas entrevistas y siempre a publicaciones importantes como *Forbes*, *Newsweek* o el *NY Times*. Se rumoreaba que para dar cualquier entrevista, dejaba bien claro que el único tópico a tratar serían los negocios y no su vida personal.

Luego estaban los dos artículos en ruso. Nunca me había sentido tan frustrada por no ser capaz de leer en cada uno de los idiomas existentes en el mundo. Ambos artículos ocupaban una página entera, con titulares a ocho columnas, por lo que la noticia debía ser importantísima. En una de ellas había una foto de un callejón de mala muerte con una cinta amarilla que impedía el paso, varios policías y una ambulancia.

En el otro artículo la foto era claramente de un entierro. Una mujer preciosísima, rubia y con ese rostro que tienen las rusas que parecen delicadas muñecas, estaba parada, completamente vestida de negro, frente a un montoncito de tierra con expresión absolutamente devastada, daba pena mirarla. Detrás de ella un hombre, con los labios apretados, la sostenía del brazo como si tuviese miedo que la frágil mujer fuera a derrumbarse de un momento a otro. Era una imagen demasiado triste.

Pero lo que detuvo mi corazón fue que, unos pasos más allá de la pareja, estaba Vadim. No era el Vadim de ahora, sino mucho más joven, un adolescente apenas, y lo más perturbador era su mirada llena de odio dirigida exactamente al punto desde donde había sido tomada la fotografía.

Necesitaba saber. Era una parte de la vida de ese hombre que me intimidaba y me atraía de una forma en la que nadie lo había logrado antes, con esa especie de fascinación que deben sentir las mariposas hacia las velas ardientes, la misma que debió experimentar Icaro al volar cerca del sol.

Me había estado engañando a mí misma. No era solo sexo lo que yo quería de Vadim, aunque no podía negar que era una parte importantísima. Deseaba conocerlo, estar cerca de él porque era, de lejos, la persona más interesante y contradictoria que hubiese conocido.

Hice unas cuentas búsquedas más en el Internet pero todo lo que encontré estaba contenido, en mayor o menor medida, en el resumen que ya había leído.

Era hora de llamar a los refuerzos.

—¡Marianne! —me saludó la voz al otro lado del teléfono sin darme tiempo a identificarme.

—Hola, Roberto, veo que aún guardas mi número en tu agenda.

—Precisamente esta mañana estaba hablando de ti.

¡Oh, no! Roberto era un periodista y diariamente leía a una audiencia los periódicos de todas partes del mundo. Seguramente me había identificado en la primera página de ese tabloide y esa era una parte de mi vida que no quería compartir.

—Necesito pedirte un favor. —Lo corté antes de que pudiera mencionar otra cosa.

—Soy todo oídos.

—Estoy trabajando en algo y tengo un par de artículos en ruso que me tienen frenada. Me preguntaba si podrías ayudarme. No necesito una traducción completa, solo un resumen, saber qué dicen.

—No hay problema, me encanta ejercitar mi ruso. Estoy ahora en el periódico. Me los puedes enviar a mi correo.

—Espera un segundo. —Abrí un correo nuevo y adjunté únicamente los dos artículos en ruso y los envié—. Listo.

—¿Estás trabajando otra vez?

—No, es solo algo que hago para mantener mi mente ejercitada.

—Me alegra saberlo, porque hay algo perfecto para ti.

¿Un trabajo? El Cosmos seguía sacándome la lengua al tiempo que me ponía enfrente lo que estaba necesitando justo en el momento menos oportuno.

—La división electrónica del periódico —continuó Roberto, obviamente alentado por mi silencio— tiene un proyecto de unos blogs de información ligera y variada, y está buscando periodistas jóvenes que se encarguen de ellos. Le hablé de ti a la encargada...

—Gracias, Roberto —lo interrumpí—, pero yo soy una periodista de televisión, es lo que he hecho toda mi vida. Escribir para un periódico, aunque sea electrónico, no es algo que sepa hacer.

—¡Tonterías! Siempre pensé que tu talento estaba desperdiciado en la televisión. ¿Recuerdas las notas que escribías para mí cuando eras asistente de producción? MAGISTRALES. Eran prácticamente una columna que resumía el acontecer diario. Tú escribes muy bien, tienes un estilo fácil, divertido. Además, a diferencia de quien solo ha trabajado para periódicos y revistas, manejas el lenguaje del vídeo y las imágenes, y eso es necesario en esta nueva plataforma. Confía en mí, esto es perfecto para ti.

El gran Roberto Ferrara me estaba halagando profesionalmente. Solo Dios sabía cuántos años había esperado a que algo así ocurriera proveniente de una personalidad de ese calibre.

—Vale, gracias —le respondí lo más agradecida que pude—. Supongo que no me hará daño probar...

—¡Esa es mi chica! Cuando te mande el resumen de los artículos, te envío también la dirección de correo de la encargada del... —Roberto se quedó callado súbitamente—. Esto es del escándalo del muchacho Chekov.

—¿Qué?

—Los archivos que me mandaste, ya los abrí. Yo estaba en Rusia cuando ocurrió, fue todo un circo, un asunto bastante sórdido. —Obviamente Roberto daba por sentado que yo sabía de lo que estaba hablando y ese lenguaje críptico no hacía sino desesperarme más—. Te voy a agregar, cortesía de la casa, mis impresiones sobre el caso. Ahora estaba saliendo, pero en cuanto tenga una oportunidad te mando todo esto. Estamos en contacto, Marianne.

Quería gritarle que no se fuera, que me dijera cuál era el «sórdido escándalo del muchacho Chekov», pero colgó antes de que mi voz pudiera detenerlo. ¡Condenados periodistas y su apuro constante!

Necesitaba hacer tiempo, ocuparme de algo mientras la información llegaba. Buscar la manera de regresar a Nueva York, o al menos conseguir otro sitio donde quedarme parecía venirme como guante para evitar morir de un ataque de ansiedad. Ya había perdido toda la mañana leyendo los archivos y hablando con Roberto y, definitivamente, no quería estar allí cuando Vadim regresase.

Salté a la ducha, en la que estuve más tiempo del planeado porque mi mente no podía dejar de darle vueltas al pedazo de información incompleta en la que estaba trabajando y concentrarse en aspectos tan básicos como enjabonarse era perder tiempo.

Me vestí con la única falda que había llevado y una blusa cómoda, si iba a pasar el día sentada en el piso del aeropuerto no quería nada que me apretara, y arreglé mi morral, todo con la agilidad de un morrocoy.

Tenía que irme de allí, estaba intelectualmente

convencida de eso, pero una parte de mi mente, que con seguridad poseía algún tipo de tendencia masoquista, continuaba saboteándome.

—¡Marianne!

Vadim había regresado.

Capítulo 14

En el exacto momento en que la voz de Vadim retumbó en el exterior, me maldije por mi lentitud.

Tuve el mismo impulso que cuando me sorprendió saliendo del apartamento de Sergei aquel día que había marcado el inicio de mi locura temporal.

Tal vez si me quedaba en esa habitación conteniendo la respiración, no se diera cuenta que seguía en su casa y, al igual que la oportunidad anterior, me convencí que eso era una estupidez y que yo era una cobarde.

No hay nada que te dé más valor que estar avergonzada de ti misma. Me colgué el morral al hombro y salí a enfrentarme con «el muchacho del escándalo».

Vadim tenía los brazos apoyados en la barra y la cabeza colgando hacia adelante entre sus hombros. A su lado, una caja con seis cervezas Corona le daban a la escena un aspecto incongruente.

—Ya me iba —dije tratando de adoptar una postura orgullosa. Si no podía serlo, al menos podía fingirlo.

Vadim levantó la cabeza y sus ojos se encontraron con los míos por un segundo, justo antes de detenerse en el morral en mi hombro. Un halo de desesperación pareció apoderarse de su mirada.

—Lo siento mucho, no te vayas.

—Tengo que irme. Esto no está funcionando.

—Sé que perdí los estribos por lo de Sergei, pero es que... —se pasó una mano por la nuca e inspiró cerrando los ojos.

Ese no era el mismo Vadim de siempre: grande, intimidante y seguro. Toda su postura corporal era de derrota.

—No se trata de Sergei, ni de la foto, ni del periódico. —Quería estar molesta con él, gritarle cuatro cosas, echarle la culpa, pero no podía, no a ese Vadim—. Yo no sé qué hago aquí y tú obviamente no sabes qué hacer conmigo y no quiero sentirme así... inadecuada, estúpida y completamente fuera de lugar. Todo esto fue un impulso que salió mal y no tenemos por qué torturarnos así, obligándonos a soportar la presencia del otro.

—Me gusta que estés aquí —dijo dando un par de pasos hacia mí.

—No lo parece.

—Te pedí que vinieras porque pensé que me estaba volviendo loco. Cada vez que estaba en mi oficina o en mi cama o llegaba aquí en la noche no podía sino esperar que aparecieras de la nada haciendo uno de tus comentarios sarcásticos y al mismo tiempo cándidos, llenando todo este espacio vacío solo con tu sonrisa. Nadie había tenido nunca ese efecto en mí, es una mezcla curiosa entre el deseo carnal más básico y una necesidad casi tierna de cuidar de ti. Yo sí sé lo que quiero hacer contigo, lo mismo que he estado haciendo con tu ropa interior desde que te fuiste, lo mismo que he querido hacerte desde que te vi parada delante del edificio; pero también quiero despertarme a tu lado, comer contigo y conversar sobre tonterías mientras vemos una película y tomamos cerveza.

Si esa no era la disculpa más abrumadora que había recibido en toda mi vida, bien podría ser la más sexy o la más tierna o incluso todas las anteriores. Pero había algo que no cuadraba: ¿por qué el cambio?

—Pero desde que llegué me has tratado como si no te quedara más remedio que soportarme...

Ya Vadim estaba parado justo frente a mí. Tomó mi cara con sus dos manos levantándola hasta que nuestros ojos se encontraron.

—Porque soy un idiota y pienso demasiado las cosas. Tú eres un riesgo para mí, Marianne, porque cuando te tengo cerca no pienso claramente y esa sensación no me gusta. Creí que sería más fácil que no vinieras, que con el tiempo esa necesidad desaparecería, soy experto en eso, pero estás aquí y las consecuencias, lo que puedo perder, no me importan, solo quiero enterrarme en ti hasta perder la consciencia.

Allí estaba otra vez esa forma cruda de hablar que

Cuatro días en Londres

caracterizaba a Vadim y, nuevamente, en vez que chocarme, parecía ponerme lascivamente caliente. Mi libido había tomado el teletransportador molecular del Enterprise y había regresado de Klingon o de dondequiera que se hubiese ido de vacaciones en cuestión de segundos.

No estaba bien, tenía que ser digna y mandarlo al infierno, pero su discurso me había dejado hipnotizada. Ni siquiera pensaba en lo que podía significar, en las implicaciones.

Estaba tan cerca que encontraba difícil hasta respirar, mucho menos expresar una idea coherente. Lo único que sabía, en el nivel más básico de todos, era que tampoco quería otra cosa que tenerlo dentro de mí.

Lo besé. Con rabia y con frustración, pero también con una pasión que se había ido acumulando dentro de mí desde que lo había dejado en su cama hacía poco más de una semana.

Tras un segundo de sorpresa, Vadim me besó de vuelta haciendo ese ruido animal que había quedado grabado en mi sistema nervioso como un detonante automático de mis instintos más primales.

Mis manos rodearon su cuello mientras su lengua bailaba en mi boca y la sensación era tan arrebatadoramente urgente que apenas me di cuenta de que sus manos me asieron por la cintura y me levantaron del piso, fijando mi espalda en la pared más cercana.

Lo que sí notó mi cuerpo fueron sus manos deslizándose por la parte exterior de una de mis piernas, tomándola detrás de la rodilla y subiéndola hasta que quedó fijada en su cintura, y luego, sin más preámbulo, esa misma mano hizo a un lado mi ropa interior y dos de sus dedos recorrieron mi humedad estimulándome el clítoris con movimientos circulares.

—¡Por Dios, Marianne! —dijo jadeando—. Mira cómo estás...

—Es tu culpa...

Sus dedos me abandonaron y mi cuerpo se arqueó hacia él tratando de retomar el contacto.

Abrí los ojos buscando una explicación de por qué se había detenido y lo vi abrir el paquete del condón con los dientes. Eso, conjuntamente con el ruido del cierre de sus pantalones, pareció enviarme al borde. Solo podía pegarme contra él, agitarme.

Me penetró de un solo empujón y soltó un bramido de éxtasis. La arremetida fue tan fuerte que mis pies se despegaron del piso. Estaba clavada contra la pared, sostenida únicamente por las caderas de Vadim que se movían circularmente como si quisieran fijarme en ese lugar.

Deslizó las manos debajo de mi falda agarrándome el trasero y elevándome aún más. Fue entonces que me di cuenta que estábamos completamente vestidos y eso era lo más erótico que me había ocurrido nunca.

Entonces empezó a moverse de verdad, con movimientos secos y violentos, y con cada arremetida me acercaba aún más al final. Quería prolongarlo, estirar la sensación abrumadora de sus empujones, pero no podía controlarlo.

Estallé con un sonoro grito y segundos después lo hizo él, nuestros orgasmos superponiéndose uno al otro.

Aún dentro de mí, me dio un beso más sosegado y me colocó nuevamente en el suelo antes de deslizarse fuera.

Mis piernas no tenían momentáneamente la capacidad de sostenerme, así que me dejé caer, deslizándome por la pared, hasta quedar sentada en el piso. Vadim volvió del baño, condón desechado y ropa en su lugar, y se sentó a mi lado pasando un brazo por mis hombros y atrayéndome hacia él. Dejé descansar mi cabeza sobre su pecho, disfrutando la caricia distraída de su pulgar sobre mi brazo.

—¿Ves? No puedo pensar claramente —me dijo con tono de disculpa—. No puedo creer que te haya hecho eso contra una pared y, aunque sé que no está bien tratarte de esa manera, quiero tener sexo contigo en cada superficie de esta casa, en la ducha y en la bañera. Te quiero encima de mí, tendida de espaldas con tus piernas en mis hombros, de rodillas mientras te penetro por detrás y también quiero estar en tu boca.

—Me haces sentir mal conmigo misma cada vez que hablas así —Vadim no me soltó, pero su cuerpo se puso rígido—, porque me gusta y no debería.

Se relajó nuevamente y me besó en lo alto de la cabeza.

—Déjame intentarlo otra vez. —Se sentó más derecho, obligándome a separarme de él y a mirarlo—.

Marianne, ¿quieres ir a la cama conmigo? Prometo hacerte muchas cosas, pero primero voy a desnudarte y a besar cada parte de tu piel.

—Eso también surte efecto —dije sonriendo. No podía evitarlo, quería sonreír.

—Vamos —dijo poniéndose de pie y tendiéndome una mano.

La tomé y de un tirón me puso de pie. Antes de que pudiera recobrarme me cargó poniéndome sobre su hombro, con las piernas colgando frente a él y la cabeza obteniendo una mirada desde arriba de su trasero. Suficiente caballerosidad.

Las palabras de Vadim no se quedaron en promesas. Me desnudó poco a poco y me besó desde los dedos de los pies hasta la frente. Casi tuve que suplicarle que parara la tortura.

Después de hacerme llegar al clímax con la boca en mi sexo me volteó sobre el estómago, tiró de mis caderas hasta que mis rodillas se doblaron y me penetró en medio de un gruñido de satisfacción y decenas de palabras en ruso.

Una de sus manos permaneció en mi cadera mientras la otra rodeaba mi cintura. Poco a poco se deslizó fuera y volvió a enterrarse en mí violentamente.

—¿Más? —me preguntó apenas conteniendo el jadeo.

—Sí, por favor, más.

Sus movimientos aumentaron en ritmo y en fuerza. Su mano sobre mi cintura no solo servía para mantenerme en posición, sino que también me presionaba contra él en cada embestida, hasta que nos derrumbamos uno encima del otro.

—Te ves bien en mi cama —dijo Vadim regresando del baño y parándose unos segundos para contemplarme como si yo fuese la cosa más maravillosa del planeta.

—Me siento bien en tu cama, aunque un poco solitaria en estos momentos —le respondí haciendo un fingido puchero.

Sin más invitación trepó hasta mi lado y me envolvió en sus brazos besándome el cuello para luego acariciarme suavemente las costillas, la cintura y las caderas.

—Si fuésemos una pareja, no tendría la necesidad de estar usando condones todo el tiempo. Odio tener que ir a botarlos y no poder quedarme más rato dentro de ti, acariciándote, dándote besos de agradecimiento por ser tan maravillosa. —Y como si quisiera ilustrar su punto me llenó la cara de besos, me besó la frente, los ojos, la nariz—. Los condones son para usarlos con gente que no quieres abrazar después.

—Esa es una filosofía... —Pero no pude continuar cuando la realidad de sus palabras, su sentido profundo, me congeló ¿Estaba diciendo lo que yo había entendido? Una pareja, había dicho. ¿Era yo el tipo de mujer que quería abrazar después o estaba hablando de forma general?

—¿Te asusté? —me dijo entornando los ojos—. ¿Muy pronto?

—¡No! —Al momento que las palabras dejaron mis labios me di cuenta de que no sonaron como esperaba. Quería más un «no» casual, algo que le hiciera entender que yo no me asustaba tan fácilmente, que era despreocupada, una mujer moderna, pero lo que salió fue una negativa que se parecía más a una puerta cerrada, clavada y tapiada—. Quiero decir... sí, bueno, no es que me asustaste ni nada... Condones, estábamos hablando de condones. No tengo nada en contra de ellos, son una invención muy práctica. ¿Sabías que hay registros sobre los egipcios y los condones? Pero tú no eres egipcio, sino ruso, aunque obviamente el gentilicio no tiene nada que ver con esto... ¿Podrías besarme para que me calle de una vez?

Vadim se rio entre dientes justo antes de besarme dulcemente.

—Hasta que te conocí no sabía que las neuróticas pudieran ser tan encantadoras.

—«Neurótica» es un término muy fuerte y no creo que esté correctamente aplicado. Clínicamente hablando, la neurosis...

Otro beso, aunque ese fue más corto, casi como un punto de exclamación o un punto y aparte. De hecho, fue el «cállate» más agradable de toda mi vida.

—Tengo hambre —dijo suspirando justo antes de separarse de mí y sentarse en el borde de la cama—. ¿Quieres salir a comer algo?

—¿Ahora?

Cuatro días en Londres

La cama estaba bien, incluso cualquier parte del apartamento estaba bien. Afuera, en la calle, vestidos y con la necesidad de hablar, las cosas podrían tornarse complicadas. Al final él me diría quién era, cosa que ya yo sabía, y no estaba segura de cómo debía reaccionar.

Siempre había sido alguien que apostaba por la honestidad, pero decirle «sé desde hace unas cuantas horas que eres un magnate petrolero» podría hacerlo saltar a las conclusiones erradas. Por otra parte, hacerme la sorprendida era deshonesto, sin mencionar que no creía que fuera una actriz tan convincente.

La burbuja donde estábamos ahora, sin apellidos, sin saber del otro nada más que lo bien que nos sentíamos juntos, era el lugar donde quería estar. La realidad, y las complicaciones que siempre traía consigo, podía esperar por mí unos días más, al menos hasta que decidiera cómo manejar todo esto.

—Sí, ahora. —Y se levantó mostrándome la espalda y todo lo que había más abajo. Esas eran unas buenas razones que argumentar para no querer dejar la cama.

—Es que no quiero salir —dije en mi mejor tono de niñita quejica—. ¿No podemos cocinar algo? Dijiste que te gustaba cocinar.

—Yo tampoco quiero salir —respondió desde dentro del closet—, ¿pero te acuerdas de lo que pasó la última vez que cociné para ti? —Regresó vistiendo unos jeans y un sweater de cuello alto azul marino. Todo su aspecto gritaba Abercrombie & Fitch—. Lo que te dije sobre tener sexo contigo en toda superficie de esta casa no era una exageración. Necesito que salgamos de aquí y hablemos.

—Hablar está sobreestimado —le respondí con una mueca.

Levantó las cejas y su expresión volvió a ponerse seria, todo rastro juguetón borrado de golpe, dándole paso al tipo intimidante.

—¿Pasa algo, Marianne?

¡Gracias a Dios por la invención de los teléfonos móviles y las personas que no los apagan nunca!

—Tu teléfono está sonando —dije lanzando una mirada significativa al aparato que no solo sonaba, sino que se deslizaba por la mesa de noche emitiendo un zumbido.

—Así parece. —No se movió de donde estaba ni tampoco apartó su mirada de mí.

—¿Y no tienes que atenderlo y ladrarle órdenes en ruso a alguien? —insistí.

—Probablemente —Vadim pareció darse por vencido y fue hasta la mesa.

Tal y como había anticipado, atendió con su tono usual de regaño, pero a medida que la conversación avanzaba había algo más.

Sea cual sea el idioma, uno se puede dar cuenta cuando las palabras alcanzan un tono de desesperación y, si a eso le agregamos que Vadim había comenzado a pasear por la habitación y se frotaba la nuca con la mano libre, era evidente que algo estaba pasando.

¿Un carguero derramado? ¿Cayeron las acciones en

la bolsa de Tokio? ¿Qué podía alterar a alguien como Vadim?

—Tengo que salir —dijo casi sin mirarme cuando terminó la conversación.

—¿Pasa algo?

—Sergei.

¡Claro! Eso era lo que siempre parecía alterar a Vadim.

—¿Qué hizo ahora?

—Está borracho parado en el borde del Puente de Waterloo con los brazos abiertos y mirando al Támesis. La policía está allí, también una decena de periodistas y fotógrafos tratando de ubicarse lo mejor posible para obtener la toma perfecta.

—Voy contigo —salté de la cama y comencé a recolectar mi ropa del piso.

—No te quiero cerca de ese circo. —Vadim se paró frente a mí asiéndome por los hombros. Su mirada era intensa pero al mismo tiempo vulnerable, como una súplica hecha desde muy adentro—. Eres demasiado preciosa para mí para mezclarte en todo eso.

—¡No me importa! Me preocupa Sergei, me preocupas *tú*.

—Y a mí me preocupa tu cara retratada nuevamente en la primera página de un tabloide o en el noticiario. —Su tono de voz había subido, estaba casi gritando—. Ese tipo de personas, los periodistas, se dedican a destruir la vida de los demás. Una vez que le ponen el ojo encima a alguien son como los peores depredadores, no lo sueltan hasta que ven correr la sangre. Destruyen vidas, Marianne, siempre presionando y escarbando hasta que obtienen su condenada historia. ¡Mira a Sergei!

—Sergei tiene problemas, Vadim, pero los periodistas no... —«Somos», casi dije somos—, son la causa. Ellos no lo obligan a irse de farra o a emborracharse incluso antes de salir a bailar. La presión de los medios siempre está allí cuando eres famoso y tienes que aprender a manejarla.

—¿Y ahora me vas a venir con el discurso ese de que «la gente tiene derecho a saber»? —Vadim soltó un ruido exasperado—. No esperaba eso de ti. ¿Cómo te sentirías si cada vez que cometieras un error o te comportaras de manera estúpida saliera a todo color en el periódico de la mañana? ¿Qué le importa a la gente lo que Sergei haga?

—¡Porque es la naturaleza humana! Saber que a alguien que es capaz de hacer cosas que no pueden ni soñar le va mal, los hace sentir mejor sobre sus patéticas vidas. —No podía creer que estaba teniendo esta discusión tan académica parada desnuda en el medio de una habitación con la falda en una mano y, la blusa, en la otra—. Las noticias son un producto de consumo masivo y, los medios, un negocio. Culpar a los periodistas por el comportamiento de Sergei es lo mismo que culpar a las fábricas de chocolate por la obesidad infantil. ¿Sergei tiene un problema? Sí. ¿Los medios lo agravan? Probablemente, pero no son los causantes.

Vadim cerró los ojos apretándose el puente de la

nariz como quien busca recuperar la calma. Era la imagen andante de la ansiedad.

—Ahora no puedo sostener esta conversación. —Abrió los ojos y suspiró—. Tengo que irme.

Con paso decidido caminó hasta mí, me abrazó y me dio un beso en la frente.

—¿Vas a estar aquí cuando vuelva? —me preguntó sin verme, con la cara aún enterrada en mi cabello.

—¿Adónde voy a ir en medio de la noche? —le dije tratando de poner en mi tono la mayor dulzura de la que fui capaz.

Tras abrazarme un poco más fuerte y darme otro beso, se fue.

Capítulo 15

Cuando escuché la puerta del apartamento cerrarse me vestí y comencé a dar vueltas como un animal enjaulado, y no me refería a uno de zoológico, sino a uno salvaje recién capturado y muy, muy enojado.

Arreglé la cama, me lavé los dientes, me peiné y hasta me hice un bocadillo que comí lentamente de pie frente a la nevera. No había nada peor que la espera.

Lo más grave de mi situación era que todas esas tareas no necesitaban gran esfuerzo intelectual. Servían únicamente para llenar el tiempo que parecía ir tan lento que casi marchaba en reversa, pero mi mente no podía dejar de pensar en Sergei. ¿Suicidio? Eso parecía algo extremo, algo que les sucede a otras personas, no a alguien que conocías y que de hecho te agradaba.

Podía entender el concepto, estar tan abrumado que apagar las luces era todo lo que te apetecía hacer, pero el llevarlo a cabo era algo mucho más poderoso.

Cuatro días en Londres

Requería valentía y resolución, pero al mismo tiempo era el último acto de cobardía. Tal vez se necesitaba ser valiente para ser un gran cobarde.

No podía saberlo. Nunca había conocido a nadie que se hubiese suicidado, aunque sí había escrito varias noticias sobre el tema: banqueros, hombres de negocio en quiebra y estrellas del rock. Incluso en esos casos, cuando el desapego periodístico se apoderaba de mí y solo trataba el asunto como una sucesión de hechos (el qué, el quién, el cuándo, el dónde y el porqué), siempre me había preguntado si esa persona no había tenido alguien cercano con quien hablar, una persona que le hiciera entender que a la luz de un nuevo día las cosas no se verían tan terribles.

Traté de repasar mentalmente mi última conversación con Sergei el día anterior, cuando estábamos sentados en St James's Park, buscando pistas en sus palabras que me hubiesen podido dar algún tipo de indicio. También analicé las mías escudriñando en el recuerdo si habían sido demasiado duras en algún punto.

Pero lo único que me venía a la mente era la imagen de un niño de pelo negro y ojos azules solo en un país del que desconocía hasta el idioma, empeñado en triunfar no porque lo deseara, sino porque tenía que hacerlo, porque no tenía otra alternativa. Lo vi cruzar ese punto definitivo en el que bailar dejó de ser algo que amaba para convertirse en algo que debía hacer mejor que nadie porque era eso lo que se esperaba de él, y en ese momento su vida dejó de pertenecerle. ¿Y qué te queda cuando lo más importante que tienes ya no es tuyo?

No. Debía alejarme de esa línea de pensamiento. Sergei no estaba intentando suicidarse, seguramente era solo una broma de borracho o algún *delirium tremens* en el que veía modelos desnudas bailando en el Támesis. Lamentablemente, el resultado podría ser el mismo, intencional o no.

Exasperada, encendí el televisor. Necesitaba una película, una serie, algo que ya hubiese visto una docena de veces pero que aún captara mi atención. No conseguiría concentrarme en algo nuevo, por muy bueno que fuera, pues solo la mitad de mi cerebro (en el mejor de los casos) estaría siguiendo la trama, pero algo familiar podría hacerme compañía.

Cambiando exasperadamente los canales, deseando que estuvieran poniendo alguna repetición de Harry Potter o un maratón de *Friends*, di con la imagen que mi mente deseaba y temía al mismo tiempo encontrar: un hombre parado en el borde del puente de Waterloo. Arriba de la pantalla una pequeña señal indicaba que la trasmisión era en directo y el titular en la parte inferior de la pantalla decía: *Sergei Petrov intenta suicidarse*.

—¡Por Dios! Bájenle al amarillo número cinco —grité en voz alta mirando a mi alrededor como si esperara ver al responsable del generador de caracteres sentado a mi derecha, sonriendo estúpidamente por su gran ingenio.

Mi siempre malhumorado y exigente jefe me había

Cuatro días en Londres

enseñado muchas cosas y una de ellas era que la información era una cosa delicada y podías hacer más mal que bien si no la manejabas adecuadamente. En situaciones confusas siempre existía la tentación de dejarse llevar, lo había experimentado en carne propia, pero siempre estaba esa figura detrás del escritorio que con su voz irritada me decía: «confirma lo que vas a poner al aire un millón de veces. Más vale decirlo diez segundos después que arriesgarte a un desmentido. Nadie recordará quién dio primero la información, pero sí quién metió la pata».

A ese hombre le debía mis más grandes desencantos y frustraciones como periodista, pero también las enseñanzas más valiosas de mi carrera. Obviamente esos que ahora anunciaban con letras rojas mayúsculas un intento de suicidio que seguramente no era tal, necesitaban una dosis de él pateando paredes o insultando periodistas. Un poco de «amor duro» como él lo llamaba en las raras ocasiones que estaba de buen humor.

Todo en esa trasmisión estaba mal. La cámara se había ubicado en un punto lateral, donde seguramente el resto de los periodistas y fotógrafos tenían que estar siendo contenidos por las autoridades para que no se acercaran al «lugar de los hechos», y mantenía una toma abierta, evidentemente para no arriesgarse a perderse el momento del salto que todos estaban esperando.

—¡Cierra la toma! —grité nuevamente a la pantalla—. Necesitamos ver su lenguaje corporal, haz un detalle de la cara lo más que te dé el zoom. ¡No va a saltar!

Obviamente, no ocurrió nada. No estaba en mi sala de control. Si yo estuviese al mando, el titular sería más comedido, aunque tuviese que caer en el lugar común de poner *Situación irregular en el puente de Waterloo,* y habría más movilidad en esa cámara, no una toma fija que no decía nada.

Subí el volumen esperando que la narración trajera nuevos datos.

Nada.

El reportero en el sitio no hacía sino repetir una y otra vez que había una «tensa calma», que la policía debatía sobre las estrategias para hacerlo bajar y que había en el lugar muchos medios de comunicación. La presentadora en el estudio tampoco aportaba nada. ¿Es que no tenía una conexión a Internet? ¿Una productora que le pasara datos? ¿El periódico de esta mañana donde Sergei era primera página? Algo. En esos momentos de vacíos de información fresca era bueno recordar quién era Sergei Petrov y recapitular lo que sabían de los hechos de esa noche para las personas que recién se incorporaban a la trasmisión.

Cuando consideraba seriamente averiguar el número del canal y llamarlos para darles algún tipo de consejo, el peor de mis miedos profesionales se materializó: la pantalla se fue a negro.

—Un segundo, dos segundos, tres segundos. ¡Vuelvan al estudio, imbéciles!

Era una de esas noches en las que todo sale mal: un

suceso inesperado, un periodista inexperto, una presentadora sin iniciativa, una productora inexistente y un negro. ¡Ninguna pantalla de televisión debe estar en negro por más de tres segundos!

—«Hemos tenido problemas técnicos con la trasmisión». Finalmente estábamos de vuelta al estudio.

—Llama al periodista por teléfono y ponlo al aire para que nos diga lo que está pasando —le dije con mi mirada más intimidante y mi tono más mortal a la pantalla.

No podía creer que estuviera amenazando a la televisión. ¡Me había convertido en mi exjefe!

La imagen de puente de Waterloo regresó. Sergei seguía parado en el borde, pero ahora un hombre en un sweater azul oscuro se acercaba a él muy despacio con las manos extendidas al frente. Contuve la respiración. Era Vadim.

No quería volverle a gritar al cámara que acercara la toma, tampoco al periodista en el lugar para que fuera a averiguar quién era ese hombre y qué pretendía. La trasmisión ya no era importante. Yo solo era una espectadora demasiado involucrada sentimentalmente que quería que todo terminara por las buenas de una vez.

Sergei volteó ligeramente y hubiese dado cualquier cosa por poder ver la expresión de su cara. No le tomó más de cinco segundos bajar del borde del puente y caminar con paso trastabillante hacia Vadim, quien lo abrazó atrayéndolo hacía él rodeándolo con ambos brazos, como si temiera que pudiese escapársele. Sergei no respondió al apretón, sus brazos colgaban laxos a los costados.

Finalmente Vadim lo soltó, únicamente para pasarle un brazo por los hombros y escudar a Sergei con su cuerpo de las cámaras. La última visión que tuve de ellos fueron sus espaldas alejándose de la toma y con un suspiro tan enorme como involuntario apagué el televisor y me hundí aún más en el sofá, dejando caer mi cabeza hacia atrás hasta que lo único que registraba mi campo de visión era el techo blanco.

No sé cuánto tiempo estuve así, tampoco cuándo decidí tenderme completamente buscando una posición más cómoda. Lo único de lo que medio estaba consciente era que dormitaba a intervalos y me despertaba con frío acurrucada sobre mi costado. En esos momentos enderezaba mi cuerpo para quedar mirando de frente a la puerta, esperando que Vadim regresara.

—Marianne. —Un dedo frío me acarició la mejilla tan suavemente que, de no ser por la voz, no me hubiese percatado del contacto.

Abrí los ojos de golpe para encontrarme con la cara de Vadim frente a la mía. Estaba arrodillado en el piso, al lado del sofá.

Como por acto reflejo me incorporé enlazando mis brazos en su cuello y enterré la cabeza en su hombro.

—Todo está bien. —Su voz sonaba exhausta—. Sergei está bien. Ahora está abajo en su cama, durmiendo.

—Lo vi por televisión—dije separándome un poco para verle la cara. Parecía haber envejecido en cuestión de horas. Unas gruesas línea surcaban su frente—. ¿De verdad quería...?

—No lo sé —se echó hacia atrás hasta quedar sentado sobre sus talones y se pasó las manos por la cara.

—¿Estaba borracho?

—Menos que otras veces —dijo moviendo las manos en un claro gesto desesperado—. Repetía una y otra vez algo sobre bailar en la oscuridad, también mencionó tu nombre.

No sabía cómo reaccionar a eso. Tener algo que ver en el comportamiento errático de Sergei no era algo que pudiese, ni quisiese, procesar en esos momentos.

—Ahora solo quiero dormir. —Vadim se puso de pie lentamente, como si cada músculo de su cuerpo resintiera el esfuerzo—. ¿Vamos?

Tomé la mano que me ofrecía y me dejé guiar hasta el dormitorio. Mañana sería el día de las explicaciones, de poner las cosas en perspectiva. Por ahora, seguir posponiendo las cosas parecía una buena idea.

Capítulo 16

Nunca había sido fanática de dormir abrazada a alguien. No parecía haber una posición cómoda para ambos o, al menos, correcta. Siempre algún brazo estaba atravesado, una respiración demasiado cerca, una pierna que chocaba y, encima, no podías moverte mucho y el querer mantenerte en tu lado, minimizando todo contacto, se parecía mucho a un desprecio. Así había sido siempre para mí, al menos hasta que abrí los ojos la mañana siguiente.

Estaba sobre mi costado y uno de los brazos de Vadim reposaba alrededor de mi cintura. Lo sentía en mi espalda, no pegado a mí, sino confortablemente cerca.

Toda la logística había transcurrido sin traumas tras abandonar el sofá. Vadim se puso un pantalón de pijama, me dio una de sus camisetas de algodón y se fue al que siempre había sido «su lado» desde la primera vez que me desperté en esa cama. Cuando me le

Cuatro días en Londres

uní, tomó una de mis manos, la besó y la puso sobre su pecho, cubriéndola con la suya, y cerró los ojos.

Normalmente me habría sentido presa, inmovilizada, pero extrañamente estaba bien. No quería moverme, sino quedarme así sobre mi costado, viéndolo relajarse mientras el sueño lo vencía. Tampoco me sentí atrapada en la mañana a pesar del enorme brazo sobre mi cintura.

Moviéndome muy despacio, sin querer despertarlo, me di vuelta para verlo dormir. Otro cliché. Pero verlo así era todo un espectáculo, no solo por el torso y los brazos que aun en estado de reposo tenían una definición muscular impresionante, sino por la placidez de su rostro que me permitía perderme en cada uno de sus ángulos sin pensar demasiado en qué significaban sus expresiones.

Sin embargo, esa placidez del sueño no le restaba su esencia. Vadim no lucía frágil ni siquiera cuando dormía, a pesar de que sus ojos de acero estaban cubiertos.

Tal vez fuera el efecto de su mandíbula cuadrada sombreada por una incipiente barba que había crecido durante la noche, su nariz recta, su frente amplia y sus cejas pobladas, pero parecía una estatua inspirada en un guerrero de la antigüedad. Un hombre, la perfecta definición de la masculinidad.

Me gustaba y no se trataba solo de su físico, su cara o la manera salvaje y desesperada de practicar sexo. Me agradaba tenerlo cerca. No podía imaginarme dejando Londres a sabiendas de que Vadim no sería parte de mi vida en el futuro sin que ese pensamiento me contrajera el estómago.

Era un hombre extraordinario. Serio y a la vez divertido, centrado e inteligente. Leal con sus amigos y, en una manera que le era única, muy tierno cuando era el momento. «Además de rico», susurró una voz en mi cabeza que se parecía demasiado a la de Alex.

Esa idea, en vez de darme el empuje que me hacía falta, me contenía. Era una especie de secreto que se había instalado entre nosotros tal vez por la misma forma en que esa relación había empezado. No había manera ahora de deslizar ese pedazo de información en medio de una conversación casual: «Controlo el cincuenta por ciento de todo el petróleo que se mueve en el mundo, soy rico. ¿Quieres otra cerveza?».

Tal vez él había asumido que yo sabía y me estaba preocupando por una tontería. Sin embargo, estaba la otra parte, la referente a mí y el desprecio irracional que Vadim sentía por los periodistas y en este caso no había disculpa posible. Habíamos tenido más de un debate sobre el mundo de la información y yo nunca había sido clara con él.

Ahora, lejos del calor de las discusiones, imaginaba más de una docena de formas en las que podía habérselo dicho, y deseaba regresar el tiempo. En un principio me excusé a mí misma pensando que Vadim me intimidaba demasiado para revelarle mi verdadera profesión, pero la verdad era que, desde la primera vez que me monté en su coche, me había agradado y quería agradarle también.

Cuatro días en Londres

Recordé el buen humor que nació de la nada cuando me dejó en mi hotel tras la desastrosa noche con Sergei, lo aliviada que me sentí cuando se sentó a mi lado en el teatro, la forma en que aquella misma noche algo dentro de mí no quería que nuestro tiempo juntos terminara y las mariposas que sentí en el estómago cuando recibí sus mensajes en Nueva York.

Siempre había escuchado decir que si estás enamorada simplemente lo sabes. A esas alturas, lo único que podía asegurar era que sentía que estar con Vadim era correcto, fácil, natural. De todas formas, era de las que creían que el amor no es algo que nace de la nada como una planta salvaje, es más bien como una rara flor que hay que cultivar.

«Si fuéramos una pareja», me había dicho y yo quería explorar todas las posibilidades que esa frase encerraba.

Me incliné lentamente y lo besé, solo un suave roce de mis labios con los suyos. Sus párpados se movieron un poco antes de abrirse a medias y en lo que me vio inclinada sobre él una sonrisa perezosa se coló en su boca.

—Buenos días —dijo en ese tono ronco del que acaban de sacar de un sueño profundo, pero no había ni un solo decibelio de molestia en su voz.

Por toda respuesta me incliné nuevamente y volví a besarlo, esa vez con algo más de intención, y todo su cuerpo pareció entender el mensaje, pues se pegó más a mí estrechándome con sus brazos.

—No me molestaría despertarme así siempre —susurró contra mis labios, como si fuera un secreto que no quisiera que el mundo supiera.

Suavemente lo empujé con mi cuerpo hasta que quedó tendido de espaldas, me senté a horcajadas sobre él y me incliné para volver a besarlo, esa vez profundamente y no me detuve en su boca. Seguí por sus mejillas, su mandíbula, su cuello, su pecho y su estómago.

Deslicé hacia abajo los pantalones del pijama y él, adivinando mis intenciones, levantó las caderas para facilitarme el trabajo hasta que la prenda estuvo debajo de sus rodillas y se desembarazó de ella con los pies.

Si algo había que reconocerle a Vadim era la facilidad que tenía para estar listo. Solo unos cuantos besos y ya su erección se extendía orgullosa sobre su estómago y yo no podía apartar la vista de ella. La tomé entre mis manos e, inclinándome, la recorrí con la lengua, de la base a la punta para luego meterla en mi boca hasta que la sentí en el fondo de la garganta.

—Oh, Dios... Marianne —consiguió articular Vadim entre suspiros entrecortados, y empujó las caderas hacia arriba como reafirmándose.

Había algo poderoso en hacerlo estremecer solo con la boca. Los gemidos, súplicas y palabras inarticuladas que parecían provenir, no desde su garganta, sino de lo más profundo de su pecho, me hacían incrementar el ritmo y la fuerza de mis embates, esperando obtener más de él, verlo enloquecer.

Pero por delicioso que fuera tenía que detenerme.

Cuatro días en Londres

Había algo más que quería hacer, una especie de declaración.

Cuando lo liberé, la visión de Vadim arqueado sobre la cama, con la cabeza hacia atrás mostrando todos los tendones de su cuello y una fina capa de sudor sobre su frente era tremendamente erótica.

Sin darle tiempo a recuperarse me senté sobre él, tomé su miembro entre las manos y lo acerque a la humedad que lo esperaba, haciéndolo deslizar por la parte externa en un condenadamente caliente juego previo.

Uno de los brazos de Vadim se alargó hacia la mesa de noche, a ese lugar donde yo sabía que guardaba los condones, y con mi mano libre atrapé la suya antes de que alcanzara su objetivo, mirándolo directamente a la cara para que entendiera el mensaje. Sus ojos se abrieron por la sorpresa, pero no dijo nada, y luego alcanzó el borde de mi camiseta y me la quitó con un movimiento lento y delicado, como si estuviese desvelando una obra de arte.

Lo posicioné en mi entrada y lentamente lo deslicé dentro de mí, disfrutando la exquisita sensación de él invadiéndome, llenándome al máximo, ahora piel contra piel.

Lo que escapó de su garganta esa vez no fue ningún rugido, sino decenas de palabras en ruso dichas casi como una plegaria.

Comencé a moverme lentamente, alargando lo más posible el momento. Sus manos tocaban mis piernas, mi vientre, mi cintura, mis senos con una suave caricia, sin detenerse o asirme en ninguna parte. Sus ojos no poseían esa cualidad dura y ávida de la pasión, sino el regocijo de la dicha.

Cuando mi cuerpo demandó más que la agonizante lentitud, me incliné sobre él hasta que nuestros pechos se tocaron y tomé su boca con mis labios, mi lengua danzando dentro de él como él danzaba dentro de mí. Aferré mis manos a sus hombros y me dejé llevar por el ritmo frenético que ambos necesitábamos. Fue entonces cuando sucumbió a sus instintos y sus caderas adoptaron la misma cadencia de las mías, encontrándonos en el medio.

El orgasmo nos sorprendió al mismo tiempo, con su nombre en mi boca y el mío en la suya en un grito de éxtasis.

No sé cuánto tiempo estuvimos abrazados, besándonos lentamente. Sus manos acariciaban mi espalda y su boca, cuando no estaba en la mía, dejaba pequeños besos sobre mi hombro, mi cuello y mi mejilla.

En ese momento éramos solo él y yo, dos personas que querían estar juntas sin que la profesión, el trabajo o las cuentas bancarias tuvieran nada que ver, encerrados en esa burbuja sin tiempo ni espacio en la que habíamos convertido esa habitación.

Vadim rodó, me depositó de espaldas en la cama y se colocó a mi lado medio erguido, apoyándose en uno de sus brazos.

—Voy a la ducha y luego vamos a salir a desayunar.

—Es casi mediodía —dije intentando sentir nuevamente su piel contra la mía.

—Entonces, vamos a salir a almorzar. —Me sonrió, dejándome claro que sabía cuáles eran mis intenciones.

—¿Quieres compañía? —le dije mirando la puerta del baño significativamente.

—Si entras allí conmigo, no vamos a salir de aquí nunca, y moriremos de inanición. —Me dio un rápido beso en la frente y salió de la cama, encaminándose hacia el baño. Justo en la puerta se volvió para verme y un ramalazo de preocupación atravesó su cara por unos segundos—. Necesitamos hablar, hay muchas cosas que tenemos que decir si queremos que esto funcione, y yo *quiero* que funcione.

Yo también quería que funcionara y en ese momento estaba segura que funcionaría. Vadim y yo nos entendíamos, encajábamos y deseábamos tener una relación. ¿Por qué tenía que haber un problema? Él era rico, por lo que eso de vivir en continentes separados no sería un gran problema logístico, y yo nunca había sido un paparazzi, ni avalaba esa forma de manejar la información. Él era inteligente, seguro sabía diferenciar una cosa de la otra.

Vadim salió de la ducha con una toalla amarrada en las caderas. ¿Alguna vez podría volver a respirar normalmente ante la visión de su espalda? ¿O la forma en que el paño se pegaba a su trasero envolviendo esa forma perfectamente redondeada que solo el ejercicio regular consigue?

—No me mires así —dijo arqueando una ceja—. Soy perfectamente consciente de que estás desnuda bajo esa sábana y *necesitamos* salir de aquí.

Solté una risilla tonta mientras me pegaba las piernas al pecho y las rodeaba con los brazos. Me sentía tan feliz como una niñita que corre en el medio de un parque, sin preocupaciones ni tareas pendientes.

—Dejé la bañera llenándose para ti —su voz se escuchaba claramente aun dentro del closet—. Voy a ir a ver cómo amaneció Sergei y a llevarle un café, luego subiré a buscarte.

Todavía algo renuente abandoné la cama y todos mis músculos de la cintura para abajo protestaron. Sí, definitivamente, un baño sonaba bien, me relajaría y me ayudaría a preparar varios discursos tentativos que usaría de acuerdo a cómo se presentara la situación.

Vadim tenía razón. Debíamos hablar. No podía seguir viviendo con esa bipolaridad de estar feliz en un momento y preocupada el siguiente.

Capítulo 17

Me demoré en el baño más de lo planeado, pero al menos ya tenía mi línea de apertura y la soltaría en el momento en que llegáramos a cualquier sitio que Vadim tuviera pensado llevarme, justo antes de que cualquier conversación tomara forma: «He trabajado como periodista los últimos siete años de mi vida, es lo único que sé hacer y lo más triste es que creo que quiero seguir haciéndolo».

Parecía una declaración que se haría en una sesión de Alcohólicos Anónimos, pero así era como había tratado mi profesión durante toda mi vida, como una adicción.

Aunque para ser honesta, nunca me había sentido avergonzada de ella; era algo para enorgullecerse, al menos frente a los demás, hasta que conocí a Vadim.

La habitación seguía en el mismo estado de desorden en el que la habíamos dejado: las sábanas arrugadas sobre la cama, el pijama de Vadim en el piso justo al lado de donde había caído mi camiseta.

Pero había algo diferente, algo que no había estado cuando me metí al baño. Mi morral reposaba ahora sobre una silla al lado del closet.

Vadim lo había traído desde la oficina y ese gesto que demostraba que estaba pendiente hasta de los más pequeños detalles me hinchó el corazón, los pulmones y el pecho. De haber estado vestida, seguramente los botones de mi blusa se habrían reventado de pura satisfacción.

Me puse un jean oscuro, un sweater cuello de tortuga blanco y unas botas de tacón mediano. Para terminar de darme ese aire de elegancia casual que quería lograr para mi primera «cita oficial con Vadim», me até el pelo en una cola de cabello alta y me puse unos pequeños zarcillos de perla antes de aplicarme un poco de maquillaje.

Justo cuando trataba de alargar mis pestañas con un poco de mascara marrón, escuché la puerta de afuera abrirse y unas cuantas voces hablar en ruso.

Seguramente Vadim había regresado trayendo con él a Sergei.

Fruncí las cejas frente al espejo y agucé el oído tratando de captar algo. Si habían regresado los dos juntos probablemente había una cosa que no iba bien. Parecía que Sergei era una especie de maldición cada vez que intentaba poner las cosas en claro con Vadim.

Sin aguantar más salí de la habitación para encontrar a Vadim hablando, no con Sergei como había temido, sino con un hombre que debía estar cerca de los cuarenta vestido con un traje que lo hacía lucir como un profesor de Antropología al mejor estilo Indiana Jones, solo que sin el sombrero. Del lado de la cocina, preparando la máquina de café, estaba la rubia más espectacular que había visto en mi vida vestida con un atuendo que parecía más adecuado para una oficina que para la mañana de un domingo.

Me quedé parada, no sabía si entrar definitivamente en el recibidor o quedarme rezagada y empezar a caminar hacia atrás. Vadim parecía nuevamente alterado, gesticulaba con sus manos aunque mantenía la voz en un tono normal. El hombre solo respondía asintiendo sin que su expresión diera pista alguna de si estaba recibiendo solo instrucciones o una reprimenda.

—Buenos días —dijo la Barbie Ejecutiva advirtiendo mi presencia y no me sorprendió para nada su fuerte acento ruso. Ya me estaba acostumbrando al sonido particular que hacían todos ellos al pronunciar las R. Además, ahora que la veía bien, parecía sacada directamente de uno de esos catálogos que ofrecen esposas de esa parte del mundo—. Debes ser Marianne.

¡Perfecto! Como si necesitara sentirme aún más en desventaja. Ella sabía mi nombre y quién sabe cuántas cosas más y yo no tenía ni idea de quién era esa doble de Ana Kournikova.

Vadim y el aspirante a profesor de Harvard interrumpieron su conversación y ahora los tres pares de ojos estaban puestos en mí. Los de ella con un brillo de diversión camuflada, los de él completamente planos y los de Vadim, ¡gracias a Dios!, con ternura.

—Marianne. —Vadim se acercó a mí—. Él es Mikhail, mi jefe de seguridad, y ella es Polina, mi asistente personal. Ha surgido algo de lo que tengo que encargarme ahora.

Finalmente, la realidad nos había alcanzado porque aún sin sostener la famosa conversación que teníamos pendiente, la presencia de esta gente aquí era una declaración tácita de lo que era Vadim. No cualquiera tiene una asistente personal que trabaja vestida de esa forma un domingo y mucho menos un jefe de seguridad.

—Hay cosas de mí que no sabes —me dijo en voz baja, tomando mis manos entre las suyas, haciéndome sentir como la mentirosa más grande del planeta—. Quería que habláramos antes, pero tuve que llamarlos. Sergei ha desaparecido.

—¿Cómo que ha desaparecido? —le dije en voz baja mientras Mikhail hacía unas llamadas telefónicas y Polina trabajaba en el portátil en la barra de la cocina, ambos evitando mirar en nuestra dirección.

—No estaba en su casa cuando fui a buscarlo, le pregunté a Angus y me dijo que había salido con su bolso del ballet hacía como dos horas. —Vadim se pasó las manos por la nuca, mirando hacia los lados como buscando una respuesta—. Llamé a la Compañía y no se ha presentado a trabajar. Están desesperados. Hoy es la función de cierre de *Onegin*, tendría que haber llegado para entrenamiento y correcciones hace más de una hora.

—Creo que estás exagerando —le dije pasándole las manos por los brazos—. Estamos hablando de Sergei, seguro se fue a desayunar a alguna parte y se quedó coqueteando con la primera cara bonita que se cruzó en su camino. Llegará a trabajar un segundo antes de que sea demasiado tarde. ¿Intentaste llamarlo?

—Su teléfono está apagado. —Vadim se revolvía inquieto—. Si fuese de noche podía asegurarte que está bebiendo en alguna parte con una mujer, o tal vez dos, encima de él, pero cuando logra salir de la cama por su propia voluntad antes de la una es porque tiene que ir a trabajar. No es una persona diurna y después de lo de ayer...

—Vadim —tomé su cara entre mis manos para asegurarme de que me estaba escuchando—, ayer no pasó nada salvo un Sergei borracho comportándose como tal. Probablemente hoy esté avergonzado y se esté escondiendo hasta que el barullo pase.

—Señor. —La voz de Mikhail, seguida de un ligero carraspeo, ganó toda la atención de Vadim.

—¿Qué tenemos?

—Petrov salió del edificio a las nueve y media de la mañana, siguió su ruta usual y se paró a comprar un café en el mismo sitio de siempre. La dependienta no notó nada inusual en su comportamiento, dijo que se veía algo «desconectado» pero que es su actitud usual cuando va temprano.

—¿Polina? —Vadim miraba a la rubia, quien contestó sin levantar la cabeza del computador.

—Su teléfono sigue apagado y aparentemente le

sacó la batería, por lo que es imposible de rastrear. No se ha registrado en el aeropuerto. Mi amigo en la policía dio una alerta a unos cuantos de sus colegas de más confianza que están en distintos puntos de la ciudad. Me aseguró que no se filtraría nada a la prensa.

—No tardarán en enterarse. —Vadim miraba hacia la terraza como buscando ideas—. Después de lo de ayer todos quieren entrevistarlo, obtener su primera «reacción».

Todos parecían haberse olvidado de que yo estaba allí y ahora que «los periodistas» volvían a ser el tema decidí escurrirme hacia la cocina y buscar qué hacer, como servirme un café o algo. No iba a sincerarme con Vadim delante de extraños, y menos cuando, otra vez, Sergei lo ponía en una situación difícil.

—¿Y si los utilizamos? —interrumpió Mikhail.

Vadim lo vio como si de repente le hubiesen crecido cuernos y una cola de cerdo.

—Los periodistas ya lo están buscando, de hecho hay un montón esperándolo en Covent Garden, solo debemos darles un empujón en la dirección correcta.

—Misha tiene razón. —Polina levantó sus perfectas facciones del computador—. Conozco unos cuantos que no son tan malos. Puedo decirles, a manera de dato, que Sergei salió a caminar por la ciudad para aclarar sus ideas y pensar en los eventos de anoche, y quien lo encuentre podrá obtener sus primeras impresiones antes de que llegue al teatro donde el resto lo está esperando.

—No hay periodista bueno —masculló Vadim—, todos en menor o mayor medida son unas sanguijuelas.

Mientras Vadim se deshacía en calificativos contra mis colegas, mis oídos se desconectaron. Había algo, una idea que poco a poco tomaba forma en mi cabeza.

—¿Qué fue lo que te dijo Sergei anoche? —pregunté, tal vez más alto de lo que pretendía.

Vadim me miró como si no me entendiera o se preguntara quién rayos era yo. Sinceramente, esperaba que fuera lo primero.

—Dijiste que había mencionado mi nombre, pero había algo más —insistí.

—Balbuceos de borracho, Marianne, algo sobre bailar en la oscuridad.

—Tengo que irme.

Sin esperar respuesta regresé a la habitación y cogí mi bolso, que estaba imperturbable al lado de mi morral, y cuando volví a salir casi tropecé con Vadim, que me había seguido.

—¿Adónde vas?

—A buscar a Sergei.

Vadim arqueó tanto las cejas que casi se convirtieron en una sola.

—¿Sabes dónde está?

—Es solo una idea.

—Voy contigo.

—No.

La expresión de Vadim se tornó hosca, desconfiada.

—¿Qué es lo que no me estás diciendo?

—Es algo entre Sergei y yo. Privado. Solo espero estar en lo cierto.

Sin esperar su respuesta, me empiné y le di un beso en la mejilla demorándome dos segundos de más.

Capítulo 18

St James's Park era un hervidero de gente ese domingo, o tal vez fuera siempre así el último día de la semana. ¿Cómo iba a saberlo yo? Turistas haciéndose fotos, niños alimentando ardillas, gente paseando... No me daban abasto las piernas.

Sergei tenía que estar allí.

No sabía por qué me importaba tanto. No lo conocía mucho. Tal vez no se necesitaba un espacio de tiempo preestablecido para que alguien te agradara, para sentir que de alguna manera había una conexión. Nunca me había pasado. Años y años trabajando con las mismas personas sin relacionarte con ninguna más allá de lo laboral no me hacían una experta.

Mi única amiga era Alex y a ella la conocía desde la universidad, pero había algo en el hecho de que una persona te abriera su corazón, sus dudas, sus miedos que, al menos en mi caso, lo convertía en parte de mi vida.

Tratando de apurar el paso, sin atravesarme en el objetivo de algún fotógrafo aficionado empeñado en eternizar la belleza de los jardines, echaba miradas de reojo a mi celular, esperando una llamada de Vadim que me dijera que todo estaba en orden y que el «niño problema» estaba en algún lado en una sola pieza.

Sin embargo, no llegó ningún mensaje, solo un correo de Roberto que abrí por reflejo, para evitar que el bombillito rojo siguiera titilando en mi mano y me distrajera cuando la información que realmente estaba esperando apareciera.

Hola, Marianne:
Adjuntos están los archivos traducidos y mi análisis personal de la historia. Te mando el correo de la encargada del proyecto, que está muy interesada en tu talento como escritora.
Roberto

La perspectiva de un nuevo trabajo, la información sobre el pasado posiblemente «sórdido» de Vadim, todo lo que me habría hecho saltar hacía apenas veinticuatro horas estaba en esos archivos y ya no importaba. Esa era una de las cosas más curiosas de la información cuando era esquiva valía la pena, pero cuando estaba al alcance de la mano ya no parecía tan importante, más cuando tus objetivos habían variado y de momento el mío estaba frente a mí, sentado en la misma banca que habíamos compartido.

Me detuve un momento, cerré los ojos y suspiré con alivio.

Sergei lucía abstraído del paisaje que lo rodeaba, los antebrazos sobre las piernas y la mirada perdida más allá de los límites del parque. Parecía casi una figura incorpórea, una sombra que cualquiera podría atravesar, pero al menos estaba en una sola pieza.

Lentamente me senté a su lado sin conseguir siquiera que volteara para mirarme o reconociera mi presencia allí de alguna forma.

Estuvimos así unos cuantos minutos, hasta que me decidí a dar el primer paso.

—Vadim está preocupado. Un tal Mikhail y una mujer que debería estar en la portada de *Vogue* están en su casa debatiéndose entre llamar a la morgue o alertar a la Interpol.

—Vadim debería dejar de usarme para exorcizar sus demonios —dijo sin voltear para mirarme o variar su posición en forma alguna. Su tono era tan carente de sentimientos como toda su postura.

—Tienes función hoy... —insistí.

—No voy a ir.

La negativa me sorprendió. Tal vez tenía un suplente y había avisado que estaba indispuesto. Para mí, el no presentarme a trabajar cuando todos me esperaban habría sido un pensamiento inconcebible pero, tal vez, para los artistas fuese diferente.

—¿Puedes hacer eso?

—Cuando te vi en aquel bar estabas bailando con los ojos cerrados. No te importaba quién te veía ni parecías estar buscando atención. Solo estabas bailando. Eso me impulsó a acercarme a ti, no fue algo consciente, pero sabía que era algo de lo que necesitaba contagiarme.

—Y yo que creí que había sido porque soy irresistible...

—Anoche intenté hacer lo que me dijiste, bailar en la oscuridad para ver si aún me gustaba. Pero siempre hay alguien allí. —Volteó para mirarme y su expresión era el vivo retrato de la desesperación—. No puedo seguir, Marianne. Salí esta mañana y mi cuerpo se rebeló ante la sola idea de pisar el teatro nuevamente, mis piernas comenzaron a caminar en sentido contrario sin pedirme permiso. He alcanzado el punto en el que salir a escena me parece insostenible, no es simplemente que no quiera hacerlo, es que lo odio.

Entendía profundamente esa sensación. Yo misma la había sentido una mañana después de meses de tratar de enterrarla y, al igual que Sergei, el deseo de huir ganó. No obstante, en mi caso a nadie le había importado, yo era fácilmente reemplazable, pero Sergei era diferente. Él era alguien, una estrella; yo solo había sido un soldado.

—No puede ser tan terrible, solo estás teniendo un mal día —dije intentando el discurso que me hubiera gustado que alguien empleara conmigo—. Hay gente para quienes lo que tú haces es importante, esperan horas para comprar los boletos, te aplauden de pie y te esperan a la salida, reconocen tu esfuerzo y la cali-

Cuatro días en Londres

dad de tu desempeño. También están tus compañeros de trabajo, ellos cuentan contigo.

Sergei emitió un bufido y no lo culpé. Eso había sonado tan falso, tan «de manual», que lamenté haberlo dicho. Realmente era muy mala en eso de consolar. Pero ¿cómo podía ayudarlo con sus dudas si eran las mismas con las que yo había estado luchando durante meses sin lograr vencerlas definitivamente?

—Recuerdo la primera vez que salí a bailar borracho —continuó regresando su mirada al vasto espacio que nos rodeaba—. Estaba tan asustado, olvidé algunos pasos y otros no salieron tan bien como debían, casi dejé caer a mi compañera. Cuando se cerró el telón esperé la reacción del público conteniendo el aliento y ¿sabes qué? ¡No se dieron cuenta! Aplaudieron enardecidos como si fuese lo mejor que hubiesen visto en su vida. Desde ese momento comencé a probar los límites, algunas veces daba una actuación que yo sabía que era brillante, otras estaba tan desgastado que casi me limitaba a caminar sobre el escenario y siempre obtenía la misma ovación. Realmente no me ven a mí ni lo que hago, ven lo que les han dicho o lo que han leído que deben ver, «el mejor bailarín del mundo». Durante un tiempo creí que era suficiente ser una denominación, pero ahora quiero ser también una persona. Quiero que alguien me *vea*, a mí, no al icono.

—Yo te veo —le dije apretando su mano y, esa vez no eran palabras vacías. Yo me reconocía en él—. Vadim también, y seguramente los que trabajan contigo...

—Vadim solo quiere expiar su pasado salvándome, y para los directores y coreógrafos que trabajan conmigo solo soy un producto, al igual que lo fui para mis padres.

—¿Y qué importa? —Sergei me lanzó una mirada atónita—. La cuestión aquí es cómo te ves a ti mismo, es tu vida y esa es la única cosa de la que no puedes huir.

—No sé lo que soy ni lo que quiero ser. —Se pasó ambas manos por el cabello hasta que quedaron colgando en su nuca—. A los quince lo sabía, a los dieciocho también; pero ahora tengo veintitrés y NO LO SÉ.

—Bienvenido al club. —Delicadamente puse mi mano sobre su pierna—. Por experiencia puedo decirte que si escapas sin poner tus ideas en orden, te vas a sentir peor de lo que te sientes ahora. Te vas a hundir más preguntándote si hiciste lo correcto.

—No puedo volver...

—Sí puedes y vas a hacerlo. Solo por hoy, tienes que poner fin a este ciclo para que puedas empezar el próximo liberado.

Sergei volteó para mirarme casi como retándome a que lo obligara.

—Si no apareces hoy para la función de cierre de la temporada, el escándalo va a ser enorme. —Empleé mi tono más razonable.

—No me importa. He tenido suficientes escándalos, se cómo sobrevivir a ellos.

—Ahora no te importa, pero en unos meses, cuando decidas que quieres volver a bailar, porque créeme vas a querer volver, ¿quién va a contratarte si tu historial es el de un borracho irresponsable?

Sergei enterró la cara en sus manos y comencé a frotarle la espalda haciendo pequeños círculos.

—Las mujeres bonitas deberían ser complacientes, no lógicas y razonables —dijo aún sin levantar la cabeza—. ¿Quién eres, Marianne?

—Tu hada madrina —dije serenamente, poniéndome de pie y extendiéndole la mano—. Si nos vamos ahora llegaremos con suficiente tiempo al teatro para que nadie sufra un ataque de apoplejía. Mientras más rápido terminemos este día, más pronto comenzará el siguiente.

—¿Podemos parar a beber algo antes, hada madrina? ¿Jugo de calabaza? —Su tono era serio, pero su cara era de broma.

—¡No! —dije y no pude evitar reír—. Vas a entrar a ese teatro y a plantear tu situación como un adulto. Es la mejor manera para que comiencen a tratarte como a uno.

—Si no te casas con Vadim —dijo colgándose su bolso al hombro y apretando mi mano—, ¿podrías casarte conmigo?

Capítulo 19

Tras dejar a Sergei en el teatro, asegurándome de que entrara por la puerta trasera donde había menos periodistas, tomé un taxi de regreso a casa de Vadim.

Una sensación de bienestar me embargaba. Aligerar a Sergei había servido para aligerarme a mí misma. Me sentía optimista sobre mi futuro, sobre lo que podía comenzar con Vadim, sobre el nuevo trabajo que me esperaría al llegar a casa. Yo podía hacer que todo funcionara.

No esperé el ascensor, a trote subí los cinco pisos y, con una sonrisa estampada en la cara, entré en el apartamento.

Vadim estaba parado en el medio del recibidor con una mirada tan letal que podría haber asolado una población entera. A su lado, Mikhail sostenía mi morral en sus manos.

—Te quiero fuera de mi casa en este momento. —Había tanta ira en la voz de Vadim que parecía que iba a explotar de un momento a otro.

Cuatro días en Londres

Hizo un leve movimiento de cabeza y Mikhail comenzó a caminar hacia mí con mi morral en las manos y el rostro más inexpresivo que había visto jamás.

—¿Por qué? ¿Qué pasa? —No entendía nada, esto no podía tratarse de mí, algo relacionado con otra cosa tenía que estar ocurriendo, algo grave, una amenaza, una bomba, la mafia rusa...

—¿Y me lo preguntas con esa cara de niña inocente? —Vadim parecía a punto de destrozar con sus propias manos cualquier cosa que estuviese a su alcance—. Muchas mujeres se han acostado conmigo por distintas razones, pero ninguna lo ha hecho como parte de su trabajo. Creo que esto tiene un nombre y es considerada la profesión más antigua del mundo.

La boca se me secó e involuntariamente comencé a temblar. Lo había averiguado. En ese breve lapso en el que estuve con Sergei se había enterado y había asumido lo peor. Nuevamente deseé tener una máquina del tiempo, regresar al momento en que pude haberle dicho la verdad.

—Vadim, lo has malinterpretado... Lo que yo hago, bueno, lo que hacía, mi profesión, no tiene nada que ver contigo.

—¿En serio? —Vadim caminó hacia la barra que separaba el recibidor de la cocina—. Entonces, ¿cómo explicas esto?

Volteó hacia mí su computador portátil. Allí estaban desplegados todos los artículos sobre él que me había mandado Alex, el resumen de la periodista de la sección económica, también aquel en el que salía con

Sergei, al igual que varios archivos de Word en los que intuía estaban las traducciones de Roberto.

—¿Leíste mis correos? —pregunté con un hilo de voz.

—Ni se te ocurra hacerte la ofendida. ¡Me estabas investigando en mi propia casa y en mi propia computadora! Y ya hasta conseguiste alguien interesado en tu «talento como escritora». —De un golpe cerró el portátil—. ¿Cuándo comenzaste a planearlo? ¿Estabas tras Sergei y luego te pareció que sería más rentable hacer también algo sobre mí? ¡Dos por uno!

—Las cosas no son así, lo estás malinterpretando. Sí soy periodista, pero de televisión, y estoy desempleada, renuncié... Nunca he hecho ese tipo de trabajos y nunca los haría.

—¿Crees que no sé quién eres? —Vadim resopló indignado—. Te investigué cuando te fuiste porque quería que fueras algo más que una aventura anónima de una noche, cuando me enteré de que eras periodista te pedí que no vinieras. Algo dentro de mí me decía que esto no iba a ir bien. Pero confié en ti solo porque ya no trabajabas en eso, esperaba que no fueras como las otras sabandijas que venden las miserias de los otros a cambio de dinero. Estaba equivocado. No dejaste tu carrera, simplemente cambiaste de especialidad.

—Me investigaste y no me lo dijiste. —Intenté sonar indignada—. ¿Y te molestas porque yo haya hecho lo mismo? ¡Eres un hipócrita! Solo quería saber quién eras, no estoy haciendo ninguna historia sobre ti ni mucho menos sobre Sergei.

—Si era así, ¿no era más fácil preguntarme que andar mandando traducir artículos sobre mi pasado?

Por un momento no supe qué decir. Un adulto no debe encontrarse nunca en la posición de decirle a otro que no le cuenta la verdad porque se siente demasiado intimidado por su presencia, pero ese era el caso. Sin embargo, por más lastimera que fuese mi respuesta, estaba dispuesta a darla, era la única que tenía, pero Vadim no me dio tiempo.

—Debí saberlo, eras demasiado perfecta para ser algo más que una mentira, un personaje creado para engatusarme. —Se pasó las manos por la nuca en lo que ya mi mente relacionaba como el único gesto que dejaba entrever su desesperación—. ¿Y sabes? Si hubieses querido atraparme por mi dinero te hubiese dejado, solo por mantenerte a mi lado, así de embobado me tenías, así de *patético* soy. Pero esto no puedo perdonártelo. No así, Marianne. Eres una mentirosa y una oportunista.

—Vadim... —intenté ir hacia él, pero el brazo de Mikhail me cerró el paso.

—Quiero que te vayas ahora y no quiero volver a saber de ti más nunca en mi vida—. Vadim me dio la espalda y desapareció tras la puerta de su oficina.

Tras pedirme mi copia de las llaves del apartamento, Mikhail me escoltó hacia la calle y solo allí me devolvió mi morral.

En aquella ocasión no había taxi esperándome en la entrada ni nadie diciéndome adiós desde la terraza. Tampoco mi ánimo era el mismo. No estaba estúpidamente feliz como la última vez, pero tampoco estaba triste o molesta, más bien estaba como adormecida. Los sentimientos que experimentaba eran similares a aquellos que tienes cuando te despiertas de un sueño particularmente vívido, sabes que estuvieron allí, pero no eres capaz de sentirlos nuevamente. Todo era borroso.

Tan solo horas después, cuando más por inercia que por voluntad pude llegar al aeropuerto y conseguí un boleto de regreso a Nueva York, la realidad me golpeó: Vadim me despreciaba y era culpa mía.

Una sensación de vacío se apoderó justo del medio de mi pecho y tuve que contener las lágrimas. Si empezaba a llorar sabía que no pararía en mucho tiempo.

Capítulo 20

Es curioso como uno se acostumbra a vivir con el dolor. Hasta puedes llegar a tener una vida funcional en la que lo conviertes en tu compañero constante sin que interfiera en tu rutina.

Tras experimentarlo en carne propia durante seis meses, llegué a la conclusión de que las verdaderas penas, esas que te cambian la vida, nunca desaparecen completamente por más que pretendas ignorarlas. Siempre se quedan contigo como un reuma constante que te ataca sin piedad cuando hace frío o llueve y que es solamente una leve molestia en los días más cálidos, pero jamás te dejan completamente.

Olvidarlas sería el equivalente de arrancar una parte de tus recuerdos. Algunos días estaba segura de que me presentaría como voluntaria para cualquier experimento de borrado de memoria selectivo que eliminara definitivamente la añoranza, otros prefería aguantar el vacío que renunciar a esos cuatro días en Londres.

Tras regresar a Nueva York mi vida cambió radicalmente, para mejor. El trabajo con el blog resultó ser más entretenido y gratificante de lo que esperaba. Mis reseñas de los temas más variopintos (espectáculos, desfiles de moda, libros, restaurantes, arte callejero, compras y hasta hoteles o posadas en las afueras de la ciudad) habían tenido tanto éxito que un extracto de ellas se publicaba diariamente en el periódico.

Hacer una columna diaria me mantenía ocupada. Es una locura. Siempre tenía algo que hacer: inauguraciones, cenas, eventos llenaban mi agenda a cualquier hora del día. Además, tenía que escribir por separado, todos los días, la edición impresa y la digital, que iba complementada con fotos y videos. Nunca pensé que sería tanto trabajo, pero estaba bien. Mi vida iba bien.

Esa era otra cosa curiosa sobre el dolor permanente que me acompañaba. Podía estar contenta, alegrarme y hasta sentirme feliz por momentos sin que eso entrara en conflicto con la pena que ya era parte de mí, tanto como un miembro más de mi cuerpo.

Unos días eran peores que otros. Me había permitido derramar algunas lágrimas, pero solo en la ducha para que se mezclaran en mi cara con el agua. Así eran menos reales, aunque el efecto secundario era que nunca parecían ser suficiente.

Terminé mi trabajo del día sentada en la mesa de mi minúscula cocina. La columna trataba de las cosas simples que cualquiera podía hacer un día de verano,

Cuatro días en Londres

como caminar por Central Park y tomarse el tiempo de sentarse allí a leer una novela romántica y beber un frapucchino. Otros temas más glamurosos reposaban en mi mesa de trabajo, reseñas sobre exposiciones o sitios recién inaugurados, pero de vez en cuando me gustaba escribir algo que tuviera un perfil más «todo público», que ayudara a los habitantes de la ciudad a convertirse por un día en turistas de su mismo espacio.

Menos de cinco minutos después de mandarle las dos versiones a mi editora recibí el email de respuesta, el cual contenía más invitaciones y pautas a las que asistir. Saqué la agenda de mi Blackberry, pero la tarea se vio interrumpida cuando la pantalla me mostró la llamada entrante de un número foráneo desconocido.

Aunque no conocía el número, tenía una buena idea de quién podía ser. Esas llamadas venían ocurriendo prácticamente una vez a la semana desde que regresé.

—¡Hola, tú! ¿En qué parte del mundo te emborrachas en estos días?

No pude evitar la alegría de mi voz. Era el típico efecto agridulce que me producían las llamadas de Sergei. Nos habíamos hechos buenos amigos en los últimos seis meses y tener noticias de él, saber que se mantenía centrado y trabajando, siempre producía un calorcillo que se extendía por mi pecho, aunque cada conversación sacara a la superficie automáticamente otros recuerdos mucho más fríos.

—Estoy en Japón, pero completamente sobrio. ¿No te dije que me invitaron a una gala en Osaka?
—¿No era la semana que viene?

La vida de Sergei había dado un vuelco más impresionante que la mía. Tras quedar liberado de su contrato en Londres se escondió durante un mes en Ucrania, haciendo las paces consigo mismo y con su familia, y desde hacía cinco meses era Maestro de Ballet de niños principiantes en el Bolshoi en Rusia. Recientemente había comenzado a aceptar invitaciones para bailar como agente libre con distintas compañías en varias partes del mundo y siempre me mantenía al tanto de sus andanzas y sus progresos.

Había sido maravilloso verlo levantarse del pozo donde estaba y recuperar esa pasión que desde muy joven lo impulsó a escoger una carrera que lo llevó lejos de todo lo que conocía. Sergei ya no era ese muchacho inmaduro y díscolo que conocí en Londres, se había transformado en un hombre que sabía, la mayoría de las veces, quién era y hacia dónde iba.

Nuestras vidas estaban tan paralelamente sincronizadas que haberlo conocido parecía más ahora una cosa del destino que una casualidad.

—Tengo buenas noticias —me comentó en tono cómplice, pasando completamente de mi pregunta.
—Dime.
—¡Voy a Nueva York!
—¿Cuándo? —dije casi gritando de alegría. Hacía tanto tiempo que no lo veía y, si bien Sergei me recordaba el episodio más triste de mi vida, también

traía consigo los más felices. Además, recuerdos aparte, ahora él era alguien importante para mí, uno de mis mejores amigos—. ¿Vienes a bailar o de vacaciones? ¿Necesitas un lugar donde quedarte? Sabes que tengo una habitación desocupada, es tuya si la quieres, aunque no sé si podré soportar el desfile de chicas...

—Me ofrecieron un contrato, es casi permanente —la voz de Sergei se había vuelto seria.

—¿Casi?

—Es un contrato de seis meses, de prueba, si me comporto bien y no doy problemas lo extenderán y hasta me darán autorización para actuar como artista invitado con otras compañías.

—¡Eso es grandioso! Ya te hacía falta integrarte a una compañía, bailar como agente libre está bien, pero esto es mucho mejor y vamos a vivir en la misma ciudad.

—Tú tenías razón, Marianne —su tono se tornó mucho más solemne—. Si no fuera por ti, por lo que me dijiste ese día en St. James's Park, nadie querría contratarme ahora, eso sin mencionar el gran apoyo que has significado para mí todos estos meses. Estoy en deuda contigo.

Ese familiar sabor de las lágrimas se instaló en mi garganta, no solo por sus palabras, sino por los recuerdos que generaron: Londres y, particularmente, ese día en el que todo se había ido al infierno. No podía dejarlas salir, no ahora, o no tendría la fuerza de voluntad necesaria para detenerlas a tiempo.

—Cuando estés en Nueva York me llevas a bailar

y, si prometes no vomitar en mis zapatos, tu deuda estará pagada.

Sorpresivamente, mi voz sonó todo lo despreocupada que pretendía. Me había vuelto realmente buena en esto.

—Hecho —dijo sonando como el Sergei de siempre—, y puedes publicar la primicia en tu blog y titularla así como *El gran Sergei Petrov traerá la luz a NY.*

Involuntariamente puse los ojos en blanco. Aunque se tratara de un nuevo y mejorado Sergei, había algunos rasgos de su personalidad que permanecían inalterables y, no podía negarlo, eso era parte de su atractivo.

—No voy a escribir nada que pueda poner en peligro tu contrato, cuido a mis fuentes con cariño, especialmente a las que quiero mucho. Cuando sea oficial, gestionaré una entrevista por los canales regulares.

—Yo también te quiero mucho. Eres una de las personas más importante de mi vida.

—¿Vas a necesitar donde quedarte o no? —Tenía que cortar el aire sensiblero que estaba tomando la conversación. Alejarme de las situaciones emocionalmente fuertes era otra de mis tácticas para permanecer a flote.

—Me encantaría, pero Vadim tiene un apartamento en el East Side y me lo ha ofrecido, ya debe estarlo preparando para mí. —Después de una pausa agregó en tono más bajo—: Me arrancaría la cabeza si se entera que vivo contigo.

Cuatro días en Londres

Ese nombre. No era la primera vez que Sergei lo mencionaba. De hecho, en cada una de nuestras conversaciones siempre lo soltaba de una manera casual «Vadim vino a verme bailar», «anoche cené con Vadim», «Vadim está más insoportable que nunca últimamente», y cada vez la misma sensación, como si el cuchillo que perennemente llevaba clavado en el corazón de repente se retorciera enterrándose aún más, me tomaba desprevenida generando un dolor que se materializaba hasta tornarse físico.

Su sola mención hacía que dejara de respirar y presionara mis labios evitando que el quejido que llevaba dentro escapara.

Era cierto que cuando estabas enamorada lo sabías, y aún ahora estaba enamorada de Vadim. ¿De qué otra forma podría ser tan doloroso extrañarlo? Pero no me di cuenta hasta que todo estuvo perdido.

—Marianne...

La voz de Sergei me obligó a retomar mi rutina de tratar de pasar de la pena y seguir funcionando. Era buena en eso, llevaba seis meses practicando. La tortura no se iba, pero era una experta bregando con ella.

—Avísame el día que llegas. Iré a por ti al aeropuerto y me aseguraré de fijar la fecha para que pagues tu deuda.

—¿Vas a seguir evitando hablar de él?

Por primera vez Sergei presionaba sobre el tema, pero yo tenía una bolsa de excusas que había construido tanto para mí misma como para ofrecérselas a Alex cada vez que preguntaba.

—No hay nada que decir. Eso quedó en el pasado. Ya lo superé. —Tres excusas en una. Con eso esperaba silenciarlo.

—Ajá. ¿Por eso siempre cambias de tema cuando te lo menciono? Él hace lo mismo, ¿sabes? Bueno, no le hace falta cambiar de tema, solo me silencia con una de sus miradas glaciales.

—Sí, recuerdo muy bien esas miradas.

Mis labios me habían traicionado. No podía creer que hubiera reconocido la presencia del fantasma que me acechaba tanto despierta como dormida y eso alentó a Sergei a continuar.

—Vadim nunca ha sido bueno en eso de admitir que se equivocó, pero lo ha pasado fatal. No lo dice ni lo demuestra, no es de esos que se derrumba y anda dando lástima por los rincones, pero es mi amigo, yo lo conozco, si no siguiera loco por ti, no le afectaría tanto la sola mención de tu nombre.

—No quiero analizar a Vadim ni su comportamiento, Sergei, no quiero culparlo ni justificarlo, solo quiero que deje de doler y no estás ayudando.

—¿Aún lo quieres?

—Sí. —Era la primera vez que lo admitía en voz alta a alguien más que a mí misma.

—¡Llámalo!

Ciento ochenta veces había marcado el número de Vadim y ciento ochenta veces había desistido antes de completar la llamada al darme cuenta de que no tenía nada que decir a mi favor.

—Si Vadim quisiese saber de mí, habría buscado la

forma de ponerse en contacto. Fue muy claro, no quiere saber de mí.

—Él está en Nueva York.

Creo que mi corazón se saltó un par de latidos.

—¿Qué otra prueba necesitas para darte cuenta que no quiere saber de mí? No quiero seguir hablando de esto.

—No te preocupes, el tío Sergei va a llegar pronto.

Capítulo 21

Estaba lista para salir a la primera presentación de Sergei en Nueva York. *Apollo* de George Balanchine había sido la pieza escogida para su debut como bailarín oficial del NYCB. Era algo tan diferente a todo lo que él había bailado antes que la expectativa generada había hecho agotar los boletos en cuestión de horas.

Afortunadamente, la entrevista que le había hecho para el blog, que finalmente se llamó *Un café con Sergei Petrov*, me había garantizado uno de los puestos destinados para la prensa en el teatro, además de generar millones de visitas al sitio.

Había sido una conversación informal, como los dos amigos que éramos tomándonos un café, y esa era la mayor cantidad de tiempo que había pasado con Sergei desde su llegada. Estaba tan concentrado en quedar bien en su nuevo trabajo que había sido imposible hacerle pagar su deuda, pero eso me importaba poco. Algunas veces comíamos algo entre un ensayo y otro o dábamos un paseo breve en el que sobraban las palabras. Él era mi compañía y yo era la suya.

Con mi vestido azul celeste a media pierna entré en el teatro y la persona que ocupó el asiento junto al mío cuando bajaban las luces era familiar.

—Llegas tarde.

—No, llego justo a tiempo.

Alex lucía fabulosa, como siempre, con un vestido Versace color verde agua.

—¿De qué color es la malla en Apollo?

—Blanca. —Y mi risa quedó opacada en medio del ruido de la orquesta, que comenzaba a emitir los primeros acordes de la melodía de Stravinsky. Alex no cambiaba.

—Bien, más para ver.

Sergei estuvo más allá de lo que yo podía haber esperado. Había tal madurez en su actuación que los pasos eran solo un acompañante, un complemento. El público de Nueva York estaba rendido ante su nueva estrella y yo solo quería abrazar al hombre, a mi amigo.

Después de aplaudir de pie durante sus buenos quince minutos, Alex y yo salimos al vestíbulo del teatro. Agucé el oído para captar algunos de los comentarios que hacían los asistentes para poder incorporarlos a la reseña que escribiría al día siguiente.

—Venir al ballet es mi nueva actividad favorita —Alex me comentó haciendo un puchero mientras me tomaba por el codo para caminar hacia el exterior—. Hay hombres muy bien parecidos tanto en el escenario como en el público, y todo el mundo es tan culto y se viste tan bien... Uno se siente como importante.

—Buenas noches. —Una voz con acento que parecía convocar a un tiempo mis pesadillas y mis sueños sonó a nuestras espaldas.

Lentamente me volví. En ese momento me convencí que en algún momento de mi segundo viaje a Londres me había caído golpeándome la cabeza en una acera, lo que me había hecho estar en un coma y desde entonces todo lo que había vivido era un sueño, incluido el momento actual porque, ¿de qué otra forma sería posible que Vadim estuviera parado frente a mí y además sonriendo?

—Mi nombre es Vadim Chekov —extendió la mano en mi dirección.

—¿Qué demoni...? —Alex comenzó a decir, pero la interrumpí extendiendo también mi mano.

No sabía lo que hacía, solo tenía claro que necesitaba ese contacto. Debía saber que no se esfumaría en lo que lo tocara.

—Marianne Cabani, soy periodista.

Nuestras manos se unieron y una sensación caliente se apoderó de mi palma, en contraste con el resto de mi cuerpo, que pareció ponerse tan frío como el hielo.

—Soy fanático de su blog —dijo y su otra mano envolvió la mía, que aún reposaba en su palma—. La entrevista con Sergei fue extraordinaria, como sorprender a dos amigos en medio de una conversación. Es usted muy talentosa, Marianne. ¿Me permitiría que la acompañase a su casa?

Eché una mirada a Alex, quien nos miraba a uno y a otro con el ceño fruncido. Parecía que había sido lanzada en medio de un capítulo de *La dimensión desconocida*.

—Me encantaría. —La sonrisa que se extendió en mi boca, y que no hubiera podido contener ni queriendo, provenía al mismo tiempo del medio de mi pecho y de mi estómago—. Te llamo luego, Alex.

Sin soltar ni un segundo mi mano caminamos en silencio. Había tanto que decir y a la vez no sabía si era el momento indicado, no quería romper nada. Aquel era su juego y yo me sentía feliz de que me dejara participar, aunque fuera un rato.

—Por lo general no me gustan los periodistas —dijo por fin—. Soy ruso, mi padre creó una compañía justo después de la Perestroika, comerciaba con petróleo, rápidamente hizo dinero y nos convertimos en una especie de realeza, los primeros ricos capitalistas después de la apertura. Todo era nuevo en el país y todo llamaba la atención, la manera de hacer dinero, los medios, las fiestas, todo se vivía como en una especie de frenesí. Mi hermano, Daniil, llevó las cosas demasiado lejos, le gustaba la atención. Bebía, fiesteaba y salía en los periódicos. Le gustaba ser una celebridad y los periodistas lo alentaban, mientras más pedían, él más les daba. Murió de una sobredosis solo en un callejón. Sus amigos lo dejaron tirado cuando se dieron cuenta que algo no iba bien y, aunque nunca fue comprobado, se dice que cuando los periodistas llegaron, él aún estaba con vida, pero no lo ayudaron porque necesitaban tomar la foto antes.

Yo estaba muda. No sabía nada de eso, aquel archivo que me envió Roberto nunca lo leí, cualquier cosa relacionada con Vadim era tan dolorosa que llegaba a espantar mi curiosidad innata.

Todo parecía tener un poco más de sentido ahora, pero lejos de aliviarme que su desagrado irracional hacia mi profesión tuviese un motivo, me causaba una profunda pena. Había periodistas así simplemente porque había gente así. No era algo inherente a la profesión, sino a la naturaleza humana.

—¿Qué edad tenías? —le pregunté apretando un poco su mano.

—Diecisiete. Entrenaba con el Equipo Olímpico de natación, acababa de clasificarme para mi primera Olimpiada, me llamaban «el nuevo Popov». —Rio con amargura—. Les encantaba hacer paralelismos entre el hermano bueno y el malo. Me enteré de la muerte de Daniil en una concentración. Un periodista se infiltró y me sacó de la cama para darme la noticia y obtener mi «primera reacción».

—Por Dios.

—Las cosas solo empeoraron después. Fue un verdadero circo. En el entierro, todos querían obtener la mejor foto de mi madre destrozada o de mi padre llorando. No pude soportarlo y escapé. Dejé el equipo y me fui a Inglaterra. Allí asistí a Oxford y a los veintidós años me hice cargo de la compañía de mi padre. Después de la muerte de mi hermano él nunca volvió a ser el mismo. —Tras unos segundos de silencio, se detuvo y me miró directamente a los ojos—. Por cierto, controlo la mayoría del petróleo que se compra y vende en el mundo, soy rico, quería que lo supieras.

—Y yo soy periodista. No es solo lo que hago, es lo que soy. Me tomó un par de viajes a Londres y un corazón roto darme cuenta.

—¿Hay alguien en tu vida ahora, Marianne? Un novio, alguien...

—No.

—En la mía sí. —Por un momento sentí que el piso temblaba bajo mis pies. Vadim lo había superado, me había superado, solo por eso era capaz de estar aquí ahora hablando conmigo—. Irónicamente es una periodista, la conocí por casualidad y dejé que unos prejuicios estúpidos la apartaran de mí y, aunque ya no está a mi lado y probablemente nunca pueda perdonarme, mi corazón es suyo como nunca lo había sido de nadie.

Por si podía quedar alguna duda de a quién se estaba refiriendo, me tomó la cara entre las manos acariciando suavemente mis mejillas con los pulgares.

—¿Podrás perdonarme? No te pido que lo retomemos donde lo dejamos, sino que empecemos de nuevo.

¿Qué se podía contestar a eso que fuera lo suficientemente contundente?

Menos mal que mi cuerpo, retomando su viejo hábito de reaccionar sin permiso de mi mente, selló la respuesta más indicada con un beso que contenía toda la desesperación y el anhelo que por sus labios había guardado durante seis meses.

Era una sensación familiar, como regresar a casa y, al mismo tiempo, completamente nueva, porque este era un Vadim diferente, más humano y, como tal, mucho menos aterrador.

Además, sus besos habían dejado de tener esa cualidad demandante y eran una caricia adicional a la que ahora me daban sus manos recorriendo mi espalda.

Entre beso y beso subimos hasta mi casa y la ropa quedó regada en el camino hacia el cuarto. Eso sí que no había variado, su toque y cercanía tenían la rara habilidad de sumergir mi mente en una especie de letargo y dejar que mi cuerpo buscara sus propias formas de expresión.

Me dejó caer suavemente sobre la cama y su mano buscó mi centro masajeándolo con la palma.

—Te he extrañado tanto —dijo entre jadeos al tiempo que introducía primero uno y luego dos dedos en mi interior—. Acaba para mí, Marianne, por favor, me encanta ver tu cara cuando lo haces.

Era demasiado para resistirse, y tampoco quería. Sus besos, sus manos, su cuerpo ondeando a la par que el mío, su erección caliente que rozaba con mi abdomen y su voz, ese acento que generaba en mí la misma respuesta hasta en sueños.

Estallé en mil pedazos como la primera vez tomando firmemente su mano para ser yo la que se moviera contra ella.

Aún no había tenido tiempo de recuperarme cuando su lengua se entrelazaba con la mía, sus piernas abriéndome, su cuerpo presionándome contra la cama. La punta de su erección se posicionó en mi entrada, piel contra piel, y se detuvo.

—¿Una pareja? —me dijo levantándose un poco, su peso sostenido por sus antebrazos.

—Una pareja —respondí arqueando mi espalda, dándole permiso con mi cuerpo como se lo había dado con mis palabras.

Centímetro a centímetro se deslizó en mi interior, llenándome totalmente, y comenzó a moverse lentamente manteniendo nuestros torsos separados. La visión de su pecho, los músculos de su cuello estirados al máximo y el rictus de placer que parecía adoptar una nueva forma con cada penetración, amenazaba con hacerme terminar demasiado pronto y aquello era algo que quería disfrutar lo más posible.

Enlacé mis piernas alrededor de su cintura para llevarlo aún más profundo dentro de mí y comencé a moverme contra él, encontrándonos en medio del camino hasta que nuestros huesos pélvicos quedaban unidos.

Poco a poco Vadim dejó de lado esa forma exquisitamente lánguida de penetrarme, acelerando sus empujes, y en cada uno, un gemido escapaba de mi garganta.

Era delicioso, ese ritmo implacable, el sonido de la piel chocando contra la piel, esa cualidad casi animal que teníamos cuando estábamos juntos, como si ninguna proximidad fuese suficiente.

A eso se reducía todo, no era sexo duro, era la manera en que conectábamos, dándonos el uno al otro en la forma más completa. Era nuestra forma de expresar que nos amábamos.

—No. Hay. Otra. Para. Mí —dijo entre embates y embates y al último se rindió, derramándose completamente dentro de mí, y ese calor líquido que me llenaba por oleadas detonó mi cuerpo, que quiso exprimir hasta la última gota.

Permanecimos así, unidos, con mis piernas enlazadas en su cintura hasta que ambos fuimos capaces de estabilizar nuestra respiración.

Solo entonces Vadim rodó en la cama llevándome con él, negándose a romper el abrazo como si, al igual que yo, temiera que todo fuera a desaparecer si dejaba de tocarme.

—¿Te casarías conmigo?

El corazón me dio un vuelco, pero por una vez pude controlar la tendencia de mi boca de hablar sin mi permiso. Una parte de mí quería decirle que sí y estar con él siempre, pero la racional recordaba que recién había encontrado mi lugar en el mundo y me gustaba.

—Por ahora no —dije abrazándolo más fuerte y

plantándole un beso en el pecho para dejar claro que no era un rechazo—. Mejor esperamos a ver cómo van las cosas esta vez.

—¿Te mudarás conmigo al menos?

—¿No es lo mismo, pero sin el papeleo? —Me incorporé un poco para verle a la cara y hacerle una mueca—. Trabajo aquí y lo que hago es sobre Nueva York, no puedo irme a Londres.

—¿No comprendiste la parte de que si te casas conmigo no necesitas trabajar? —Hizo un gesto curioso, mitad malvado mitad cómplice. Tal vez era el mismo que usó el demonio para tentar a Fausto.

—¿No comprendiste la parte de que adoro escribir en mi blog las cosas que pasan en esta ciudad? —Me incorporé un poco y le di un beso muy breve en los labios—. Resistimos seis meses sin vernos, esto va a ser más fácil.

—Entiendo entonces que me vas a hacer ir y venir de un continente a otro...

—Tú eres el millonario, ¡cómprate un avión!

—Ya tengo uno. —Un gesto de suficiencia se hizo presente en su cara.

—Entonces, problema resuelto.

De verdad no quería discutir sobre logística, no ahora, cuando los dos estábamos finalmente juntos. Nuevamente volví a besarlo y esa vez dejé que mi lengua acariciara la de él.

—Puedo mudarme, ¿sabes? Irme a vivir con Sergei.

—Poco a poco, Vadim —dije sentándome a horcajadas sobe él y besándolo nuevamente—. Vamos a hacerlo poco a poco.

—Sé lo que estás haciendo —dijo tomando mi cara entre sus manos y obligándome a encontrarme con su mirada—, y no hace falta. Será lo que tú quieras y aceptaré la forma en que quieras tenerme, de a ratos o para siempre.

De a ratos y para siempre, cuando estaba con él lo quería todo.

ÚLTIMOS TÍTULOS PUBLICADOS EN HQN

Sin culpa de Brenda Novak

En sus manos de Megan Hart

Eso que llaman amor de Susan Andersen

Preludio de un escándalo de Delilah Marvelle

Días de verano de Susan Mallery

La promesa de un beso de Sarah McCarty

Los colores del asesino de Heather Graham

Deshonrada de Julia Justiss

Un jardín de verano de Sherryl Woods

Al desnudo de Megan Hart

Noches de verano de Susan Mallery

Érase una vez un escándalo de Delilah Marvelle

Perseguida de Brenda Novak

El anhelo más oscuro de Gena Showalter

Provócame de Victoria Dalh

Falsas cartas de amor de Nicola Cornick

www.ingramcontent.com/pod-product-compliance
Lightning Source LLC
LaVergne TN
LVHW030343070526
838199LV00067B/6426

* 9 7 8 8 4 6 8 7 3 5 5 8 0 *